哪怕天色再暗

江冬祈 著

推薦序一

中學時，我不知你是 INFP

認識冬祈是中學的事情。她比我大四屆，那些年在校內的交流其實沒有很多，要算的話，短暫組過的「華明邨專業遲到的士四人團」已是我倆在學時最大的緣分。而我們是在畢業後才正式成為朋友的。大抵是我倆性格、價值觀上有著微妙的共同，才會在長大後不定期地相約起來，這回不能不相信吸引力法則在作祟了。我們也總是在香港以外的地方見面，好幾次在東京、有幾次在英國——因為你老是不在港生活啊。

你怎麼沒備註你在東京拍我的那張照片就是在日本攝影師川島小鳥的家呢？我記得你非常欣賞川島小鳥，而當時你的狀態大概就在朦朦朧朧的萌芽著那個讓你「心跳加速」的攝影理想吧？看你的文字我才回想起那個用日文問你「いつすごいフォトグラファーになる？（你甚麼時候才會成為厲害的攝影師啊？）」的突襲，多慶幸我當時毫不忌諱地把你的攝影夢想直接替你宣之於口，似乎那次的經歷漸漸成為你實現夢想的推手，多年後的去年初，我們再於倫敦相聚時已收到你將要出書的大好消息了！

中間這些年你默默在 instagram 將生活的碎碎念放在「倫敦積極做人日記」，這件事也實在太 INFP 了吧？你用你的生活在治療別人，同時在治療自己；晦澀艱難的故事你以黑色幽默包裝，任情感流瀉於不至於長到打擾別人的篇幅中；你加了以為別人看不出的硬樂觀來圓大部分的發文，放負恐怕打擾到別人；你不確定生活的小確幸是否足夠多便組成更好的生活，卻繼續擁抱生命給你的迷惘。

感謝你的文字，你的生活充滿著渾厚的實感，間時一兩句哲學的、本質的對生活的發問，都殺人一個措手不及。別人在仗賴你的文字供給來補充我們了無生氣的生活幻想，而你繼續踏實踉蹌的生活、吃現實的硬棍、承受日子的風霜，這些經歷又再血淋淋地換成文字，但我想，只有像你這樣生活過的，才有資格真正為生命的意義下結論吧。

中學的我只懂形容你是一個「講嘢好搞笑的人」，現在我會說：「你是一個青澀不服氣的青年，卻也是一個早跨踏過好幾大洲幾大洋睿智的老靈魂。」

袁澧林
香港演員

推薦序二

唯有心存盼望

認識阿冬大概只有一年多之久，那是我剛從香港移民到倫敦的時候，透過我們的共同朋友袁澧林介紹而認識，而且我們之後也只曾再碰過面兩、三次而已，不過不知為何，我對阿冬卻很有親切感，或許因為我倆都看似是沉默寡言、不動聲色，初次見面總給別人留有一種要保持距離的感覺，實在當我閱讀完《哪怕天色再暗》後，我就知道阿冬其實是個外冷內熱、心裡充滿著情感、對人情世故觀察入微的人，就如同她寫的文字、拍的照片一樣，能夠給我感受到溫度與力量，讓我這個也是流徙外地的人，於不安茫然的生活中尋找到一絲安慰。

在《哪怕天色再暗》之內，我能深深感受到阿冬對生活、環境、人的觀察，也能看到那些和我們在不同時間、地方遇上的人，有別離也有相聚、有失落也有盼望、有氣憤也有欣慰。有時也像遊記，記錄了不同地方外在的人文風景，有時也像日記，記錄了不同時間內心私密的微妙變化。而我也特別喜歡阿冬記錄了她旅居在外時，遇到的那些人情故事對她的影響，譬如她在日本直島遇到的那位長得像黑幫佬大的溫暖大叔，留下那句像日本熱血漫畫對白的話：「人生就只有一次，每天都應該要做讓自己開心的事，想做的事情要放膽去試，不要害怕。」道理雖然簡單，但當閱讀到時又真的會令人鼓起勇氣。又或是她在倫敦遇上的那位亦師亦友的花恤衫伯伯，在她困頓時給予安慰的那番話：

「當你感到很痛苦的時候，甚麼都不需要做。就慢慢等這些情緒過去吧，明天醒來，你就會感覺不一樣。」也似是在安慰著現實生活中常遇到困難而陷入沮喪情緒的你、我、她，作為讀者的我們，也能夠從中得到力量。

就如本書的名字 -「哪怕天色再暗」，彷彿就在提醒我們，就算現在世界有太多紛擾，周遭充滿著惶恐不安的情緒也好，始終還有一些東西是我們可以依靠的，就如阿冬筆下記錄過的那些相遇過的人，又或者如她所拍攝過的照片內的那些風光、那些笑臉，唯有心存盼望，就算天色再暗，我們也可以咬緊牙關捱過去，擁抱未來的光芒，一起等待黎明來到的一刻。

林森
香港電影導演

推薦序三
日劇人生

未必每個人都有故事可以說，但我們總喜愛探聽別人的故事。

由十多前的 *Humans of New York*，到現在的 *Meet cutes NYC*（兩者剛好都在紐約發生），社交媒體可以是一本短小精悍的故事書，有能力成為貼近時代背景、具有療癒效果的心靈雞湯，吸引人們孜孜不倦地翻閱，也許每天一小節，短短兩分鐘讀畢，已經為之神往，期待下一篇到來。

那不一定全然出於八卦天性，滿足好奇，更有可能是，我們透過與陌路人的匆匆一遇，不僅獲得一個小故事，還會莫名奇妙地想起自己，曾經或正在經歷的人生——我在過怎樣的生活？面對同一個處境，我會如何抉擇？

故事成了鏡子，裡面是他者，同時照見自己。

看阿冬的作品大概便是這樣。記得兩年前偶然見到她的 IG 帳號「積極做人倫敦日記」（去年初正式易名「阿冬」），跟許多人一樣，第一刻先被倫敦街頭拍攝的菲林照片吸引，好像每一幅都是隨意門，輕易把你帶入相中的地方，細緻到嗅得見當時的氣味。

攝影師從來甚少寫字，阿冬是例外，照片下面附帶篇幅不短的文字，許多時候圖文不符，但沒有誰真的在意，漸漸建構出獨特的閱讀氛圍——如果文字都有一種色調或光線，那麼她的字與相依然是口徑一致的，不慍不火，但一不留神便會竄進心裡某一處。

那些碎碎念著的內容，說不上文筆流麗，但絕對坦白真誠；而真誠才是最大本領，這是大家都懂的事實。

書中常見作者自嘲遇上的人與事很「日劇」，這形容沒有更好，她的故事正像一齣日劇。

短短七年間，由香港到日本，由日本到英國，以至現在返回香港，這種改變人生的移動，加上沿途碰見的不同人物，零散地分割再組合，類似跟朋友吃飯時會聽見的日常近況。

作為讀者，一直看著阿冬在不同城市工作打拚，找房子寄居、交朋友、談戀愛、應付情緒病，本該沉重，由她的主觀鏡頭去記錄，抹上輕淡的調子，成為非常「日劇」的一件事（尤其當中穿插那些忽然熱血的青春獨白），甚至會有追看後續的衝動。

收到此書初稿的時候，正值陪伴十幾年的貓病重，預備痛苦的告別；去年最艱難的一個月裡，《哪怕天色再暗》不只是書名，它也是我暫時離開現實的一隻窗口——如果每個人都在變幻中成長，你能夠做的便是迎向它，盡量成為更強大的自己。

基於這個人理由，由衷感激阿冬寫了這本書。而世上需要被安慰的人還有不少，加上此時此刻的香港，需要有更多努力活著的人，用他們的方式去記錄生命。

假設我是阿冬旅途上碰到的其中一位過客，我想我們應該會在某個風和日麗的午後，於公園裡無所事事地坐著，膝上各自坐著一頭貓。

然後我會冷不防對她說：「你沒有你想的那麼不濟，因你而受影響的生命，大概比你想的還要多。」

這會是我給阿冬的日劇對白。

陳傑

香港作者／攝影師

自序

好好活著

我喜愛的日劇《四重奏》裡面，松隆子演出的角色有這樣的一句對白：「人生有三種坡道(saka)，上坡道（nobori saka)、下坡道(kudari saka)、意想不到(ma saka)。」想不到膽小的我會去日本和英國生活多年、想不到曾經很想要逃離香港的我今天會選擇回來，也想不到總是想要製作攝影集的我會首先推出散文集（也算是攝影散文集吧）。

二〇二二年的三月，我在IG上第一次收到編輯阿丁的訊息，她問我：「你有沒有興趣將生活體會寫成書？」當時我的IG帳號還是只有兩、三千名followers，在香港的她能看得見在英國的我，絕對是一種緣分。我看到訊息後的即時反應是：「寫成書好像很有趣啊！」

但下一秒，我便開始擔心文筆普通的自己有沒有寫書的能力。我又不時反問自己：「寫這本書對我、對讀者來說，有甚麼意義和好處嗎？」我是個很現實的人，我不希望讀者花錢買了我的書、花時間讀了幾萬字之後，卻毫無得益。所以，我在一開始提交了兩篇試稿之後，便暫停了接近半年，沒有再寫下去。

直至同年十月，相隔三年後我首次回來香港放假，發現這城市失去了生氣、轉變了很多。而每當跟新朋友或是舊朋友聊天的時候，我都會被問起：「你在英國過得怎樣？」才發現原來有好多人對於未來感到不安，正在考慮或準備移民。於是我便開始思考，對於想要改變現狀的人來說，也許我在外國旅居的經歷能為他們帶來一些啟發或想像？

目標變得明確之後，我只花了大半年就寫完了這本書，而故事的時間線卻是橫跨了七年之久。寫書期間正值我的情緒問題變得嚴重，我開始去見心理治療師的時候。某些晚上我怎樣也無法停止憂傷、淚流不止，但我還是會繼續寫。我發現拍照和寫字對我來說是很重要的心理治療，這本書的存在使我對未來有了盼望。

當我把腦海中久違的片段一一寫下來，我重新領悟到自己有多幸運，幸運得回頭看也好像缺乏真實感。這個我以為很灰暗的人生，原來曾經有很多美好的事情發生、有很多人對我很好。怎麼我老是記住自己錯失了甚麼、失去了多少，卻老是忘了自己得到了甚麼、成長了多少呢？不要老是懷疑自己吧，今天仍然繼續向前走著的我，絕對比想像中的自己更強大。

異鄉生活非常有趣，但絕不容易。我特別感激沿途有緣遇上的每一位。不論是在雨中為我撐傘幾秒鐘的陌生人，抑或是聽我哭著分享內心脆弱、為我分擔人生苦痛的摯友，謝謝你們溫柔地把老是陷在黑暗處的我拉向陽光處，也謝謝你們讓我本來黑漆漆的人生變成了彩色（雖然在攝影世界裡，黑白跟彩色同樣漂亮就是）。

萬分感謝袁澧林、導演林森和作者陳傑百忙中抽空為我撰寫了推薦序，還寫得那麼好看！很感激他們一口答應我這個不情之請。另外，也感謝朋友阿秋為我的封面寫了如此帥氣的手寫書名，為封面畫龍點睛。感謝阿丁給予我出書的機會，還給了我很多支持和鼓勵。我是個對創作很執著的完美主義者，跟我合作並不是一件輕鬆的事情，辛苦了。

最後，感謝在IG上一直支持著我的讀者們，謝謝你們喜歡我的文字和照片。我是個很需要被稱讚的人，經常被你們稱讚的我現在也變得愈來愈自信了。

但願我們能夠繼續好好活著，在如此紛亂、艱難、令人失望的時代，仍然在心跳呼吸就已經是最大成就了。

目次

III / 活在當下的從容

IV / 互相依靠的溫暖

V / 嚮往未來的盼望

I／不怕跌倒的勇氣

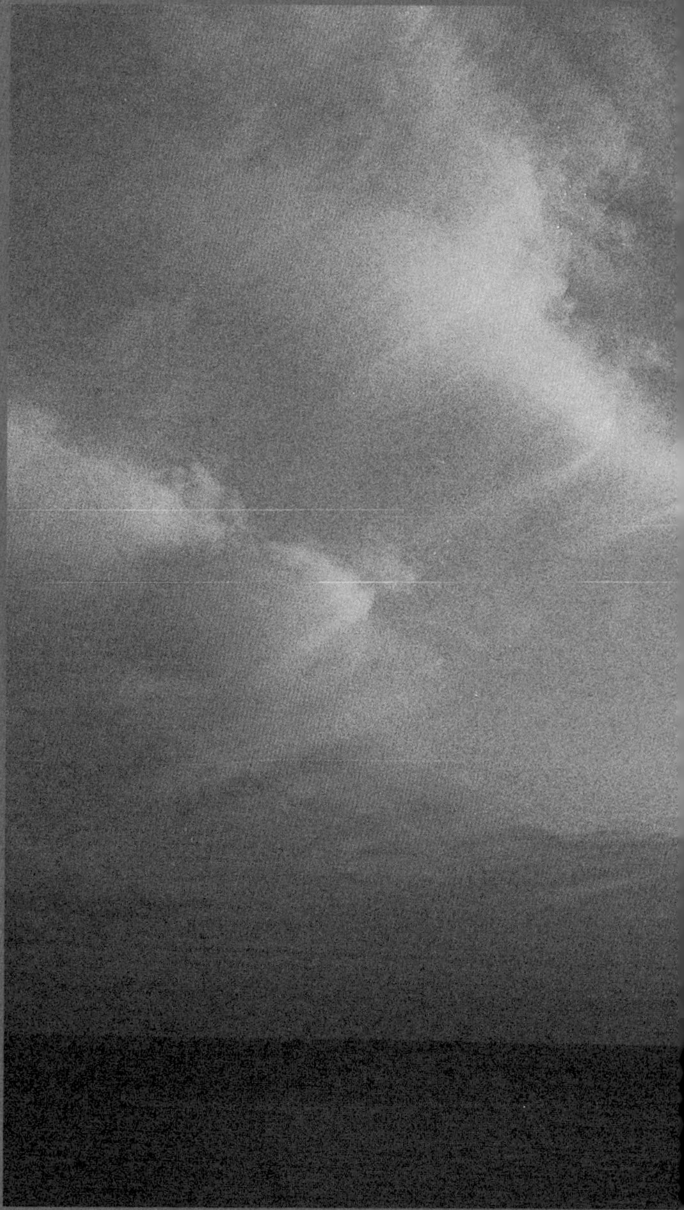

1.1

後悔就後悔吧

“

一個現在看起來是錯誤的決定，最終有可能會導致一個美好的結果，不是那麼簡單就可以衡量每個人生決定的得失對錯的。

當初選擇去日本工作假期，除了因為我在香港經常都覺得很難過、很想要逃避現實之外，還因為我從小到大都很喜歡日本，去日本生活是我的夢想。

小時候的我安靜又內向，不懂得怎麼交朋友，父母沒有時間陪伴自己，外向的我哥又經常都會跟朋友出去玩，所以主要就是電視機播放的那些日本卡通片陪我度過童年時光。那些卡通片中出現的東京鐵塔、富士山、三角形屋頂的房子、和式房間、紅豆銅鑼燒、日本語，都讓我對日本萌生了特別的喜愛。

到長大後接觸更多日本的電視劇、文學、電影、音樂、藝術後，喜歡美麗東西的我深深被日本的美學吸引住，並對在日本生活這件事產生了憧憬。在得悉香港人可以申請工作假期簽證前往日本居住一年之後，我便決心要努力實現這個夢想。

為了要去上一星期兩晚的日文課，我甚至選了一份非常無聊的工作，就只為了可以準時下班，完全沒有顧慮自己的職業前途。

住在日本時，我的快樂可以是簡單如在家門口逗玩鄰居的貓、隨意走進一家看起來很好吃的餐廳吃飯、騎著腳踏車在東京漫無目的地兜風，或是在晚上走進一家樓上喫茶店，聽著店員挑選的爵士黑膠發呆等等。即使不是甚麼特別有趣的事情，但一點一滴的滿足累積起來，就成了安定的小小幸福。偶爾看到特別美麗的風景，甚至會讓我有一種置身於日劇中的錯覺。

但夢想實現之後，就變成了現實。在不知不覺間，我不再為生活在日本這件事感到心動。生活漸趨平淡安穩了，我又開始懼怕那種生活就是一輩子。眼看自己快要三十歲，到底要安定下來，還是去看更多的風景？

掙扎良久後，我決定放下那些住在日本的美好，去英國追尋一些虛無縹緲的「甚麼」。

朋友笑我經常會做出一些奇怪的人生決定，亦有朋友形容我為「喜歡折磨自己」。有好幾次被問到：「其實你有沒有後悔從日本搬去英國？」我都會說：「有，我曾經很後悔。」

搬到倫敦最初，我經歷了差不多長達半年的封城時期，別說是辦公室的工作了，連餐廳的兼職也非常難找。又因為倫敦的冬天經常天陰下雨的關係，我每天都過得很抑鬱。那時候總後悔自己為何如此輕舉妄動，如果在日本多工作半年，等到疫情稍稍放緩我才過來的話，生活就輕鬆多了。但世上哪有這麼多「如果」，人生的劇情本來就不是自己能夠全盤控制的。

回過頭看，如果沒有搬來英國、沒有經歷那半年的失業的話，我就不會有那麼多時間可以到處散步、拍照，我就不會開設一個跟別人分享照片和文字的公開 IG 帳號、不會因此認識到很多有才華、從事創作的朋友、不會有這麼多故事可以分享，也不會得到一些拍照和寫字的工作機會。雖然倫敦的生活有一些我很不喜歡的部分，但如果讓我搭時光機回去重新做一次決定，我應該還是會作出同樣的選擇吧。

正如沒有紋身的人看到我有紋身，總會問我：「你不怕老了會後悔嗎？」我會回答：「不用等到老，我每次都是紋身後馬上就後悔了。」但如果因為怕自己會後悔就不去做的話，人生中能做的事情還真的是寥寥可數，那樣多沒趣啊！

就因為明知自己不夠勇敢，我才更想學習去面對，甚至擁抱自己的後悔。做出重大決定時，要告訴內心的焦慮小子，做了然後後悔，總比沒做然後後悔好。

早前看日劇《重啟人生》，從中領悟到的其中一個人生哲理是，一個現在看起來是錯誤的決定，最終有可能會導致一個美好的結果，不是那麼簡單就可以衡量每個人生決定的得失對錯。

前往幸福的路途上往往不是一條平坦大道，我們要攀很多個山、拐很多個彎、迷很多次路、摔很多個跤。但只要告訴自己眼前的一切痛苦煎熬都只是過程、不是結果，咬緊牙關堅持一直往前走的話，至少我們能漸漸離幸福近一點。人生錯漏百出、千瘡百孔其實是很可以的。

說到底，所謂「一念天堂，一念地獄」，你看事情的心態永遠比事情的本質重要。人生沒有一個所謂最正確的選擇，無論你選A或B，一樣都可以是正確的；或是無論你選A或B，你都可能會後悔的。沒有人能夠正確預測那還未發生的將來，記得要相信自己的決定，就一切都會好。

1.2

日本冒險最初回——京都

"

從來沒想過，在外國這樣憑著自己的努力和堅持，把從前覺得不可能跨越的難關一一克服，確切地感受到自己的成長，原來如此美好。

在日本和英國生活的七年間，我住過九間屋，包括五間合租屋、兩間一人公寓、一間員工宿舍、一間是好友跟她男友的家。我有跟香港人住過，也有跟來自不同國家的人住過。我住過大城市，也住過鄉下地方。

對我來說，每一間屋都代表著一種新的生活，每一次搬家我都會興奮地期待著更美好的未來。

最初在日本租住的，是一間位於京都圓町的三層獨立合租屋。抵達京都之後，我花了大約一個禮拜去找房子，看過很多房子，統統都不是太舊就是太小，總不合心水。直到在沒有特別期望的情況下看到這間屋，房間內的日式紙窗和窗外正在盛開的櫻花樹實在美得讓我著迷，我當下便決定要住進這裡。

合租屋的室友包括我在內總共有六個

人，一半是大學生、一半是上班族。那裡除了我之外，其他室友都是日本人，日文還沒有很好的我經常都會聽不懂他們的說話。但因為我也不好意思一直追問那些日文是甚麼意思，所以我都會不懂裝懂，胡亂回應，他們可能會覺得我說話奇奇怪怪吧！

第一次跟那麼多日本人住在一起，入住的初期心情難免會緊張。畢竟我早就聽說過日本人很講究禮貌、很多規矩、很著重清潔衛生，我怕自己會在不知情的狀況下惹怒他們。還好室友們都滿友善的，每次遇見我都會主動跟我聊幾句，屋內的規矩也非常合理，所以我很快就適應了新居所。

某天早上，身為大學生的室友Y跟我聊起她有去貓咖啡廳的習慣，我便跟她說我也很愛貓，有機會的話也想要一起去。本來我只是隨口說說，畢竟在香港也習慣了跟朋友說：「有空再約吃飯吧。」沒想到過了幾天，當她在客廳再次遇到我時，主動告訴我她正準備出門去貓咖啡廳，問我要不要一起出去。

第一次被日本人邀約外出，我感到非常高興，當然是馬上答應。在貓咖啡廳玩貓的時候，礙於我的日文程度沒有很好，我們能聊的話題非常有限。幸好Y是個有耐性又溫柔的人，願意多花一點時間去理解我想說的話，跟她相處的時候我感到非常放鬆。在那之後，每次當我在家中遇見她時，我都會去跟她閒聊幾句。可惜快樂的時光總是過得特別快，在一起出去的三個禮拜後，她就因為要轉讀東京的大學而搬走了。在我心目中，她就是我在日本認識到的第一個朋友。

我在京都住了大約四個月，期間嘗試了很多的第一次，包括在日本踩單車、用日文面試、在不同的餐廳打工、為自己下廚、照顧生病的自己、跟來自不同國家的人交朋友、看日文小說、去富士山登山看日出等等。

那時候因為窮，我差不多每天都會去上兩份兼職。早上九點，我便會騎一個小時的單車去蛋糕店上班，然後傍晚便去烤肉店打工，一直到晚上十二點左右，才再騎一個小時的單車回家。為了省下幾百日圓的交通費，即使是滂沱大雨的日子，我還是會穿上薄薄的雨衣照樣騎單車上班下班，結果每次都把自己弄得渾身濕透、狼狽得很。這些看似微不足道的一點一滴，對我來說都是非常重要的回憶。

現在回想起來，那時候的我確實有著非常強大的意志。自問從小到大都是膽小鬼，又因為家裡經濟狀況不好，很多事情沒有勇氣做之餘，也沒有機會做，只能一直羨慕那些出身於小康之家的小孩。從來沒想過，在外國這樣憑著自己的努力和堅持，把從前覺得不可能跨越的難關一一克服，確切地感受到自己的成長，原來如此美好。

曾經有些香港的朋友看不起我做的事情，認為我只是到處去玩、荒廢事業，向我說了一些難聽的說話。也有一些朋友說很羨慕我的自由自在，但如果要他們馬上放棄現在擁有的一切，轉換方向去追求別的人生的話，想必他們也不會願意。沒想到當我羨慕別人的同時，原來別人也會羨慕我。人類真是奇怪，為甚麼我們總渴望自己沒有的東西？為甚麼我們不懂得好好欣賞和感激自己正在過的人生？

我現在明白到生活的模樣其實可以有無限種可能性，我們不需要追求同一樣的東西，也不用過倒模一樣的人生。這世上沒有最好的生活方式，就只有最適合自己的生活方式。你好好喜歡你選擇的人生，我也好好喜歡我選擇的人生，那就是最好不過的了。

1.3
日本冒險第二回——直島

“

被沒有很熟悉的人知道自己會說夢話這件事讓我感到有點尷尬，幸好他們聽不懂廣東話！

那年夏天，我強烈渴望展開一段新的旅程，便決定從京都搬去位於瀨戶內海、人口只有幾千人的直島。

選擇去直島，除了因為我以前旅行時曾經去過，很喜歡那裡恬靜的氛圍外，還因為機遇巧合下，我在京都認識了一位曾經在直島的咖啡廳打工的台灣人。聽她分享她在島上打工換宿的生活後，我便萌生起想要在小島居住的念頭。

幸運地，我很快就在網絡上找到一間正在聘請有薪員工的海邊餐廳。因為當時正值藝術節的旺季，跟餐廳老闆來回幾封電郵後，連面試也不用，她就已經跟我約定好開始工作的日期。而當她告訴我餐廳有提供員工宿舍時，糊裡糊塗的我理所當然的以為住宿是免費的，直到工作開始後，我才從同事口中得知每個月的租金會直接從薪水中扣除，還好租金也算便宜就是！

餐廳員工包括我在內有四名，店長羽田小姐在島上擁有自己的房子，所以跟我一起住在宿舍的就只有池尻和高橋兩名三十歲左右的日本男子。

因為沒有事先看過宿舍的照片，所以我是到了正式搬進去那天才第一次目睹宿舍的樣子。

宿舍位於一個小山坡上，是一棟很老舊的木製和式房子，整間屋的地上都鋪著榻榻米。當發現榻榻米上布滿了各式各樣的昆蟲屍體的一刻，沒有很害怕昆蟲的我還是受到了衝擊。生活在這房子的兩個月期間，我見過手掌般大的蜘蛛、手指般粗的蜈蚣，還有數以不盡的蚊子、螳螂、不知名的昆蟲……在那裡住過之後，現在我看見甚麼昆蟲都覺得很小兒科了。

宿舍裡另一件讓我感到衝擊的事情是，除了廁所連浴室那扇門之外，其他所有的趟門都已經壞掉，不能完全關上。即使我們三人各自有自己的房間，睡覺時也只能把門虛掩，我們就像是睡在一個共用空間的不同角落，私隱度沒有很高。有一次，他們跟我說，晚上有時候會聽到我在說他們聽不懂的夢話，問我是不是夢見了甚麼。被沒有很熟悉的人知道自己會說夢話這件事讓我感到有點尷尬，幸好他們聽不懂廣東話！

那時我正努力準備日文N1考試[1]，每天上班前和下班後都在温習，在家很少跟他們

1　日本語能力試驗分為N1、N2、N3、N4、N5五個級別，N1為最高級別。

聊天。雖然沒有很熟悉他們，但感覺大家都是很好的人。有次我下班回家煮飯的時候，站在旁邊切梨的高橋突然把一碟削好皮、挑掉籽、切得非常整齊好看的梨子遞給我，說要請我吃。那是除了我家人以外，第一次有人為我切水果。而池尻也曾經在我倆一起在餐廳吃員工午餐的時候，額外為我煎了個熱香餅。他們這些友善的舉動，實在讓我感到窩心。

若以我們有限的相處時間來判斷的話，在澳洲完成工作假期後回來、說話非常快的高橋是個很外向的人，每天晚上都會跟一大堆朋友喝酒喝到深夜才回家。相反地，喜歡沖咖啡、正計劃將來跟女友一起開咖啡店、說話很慢的池尻是個比較內向的人。

因為我也是個比較內向的人，所以跟池尻算是比較合得來。在餐廳上班時如果沒有客人的話，我們就會聊一下日本的各種事情。

最記得他跟我說過，他之前因為想要在短時間內賺到開咖啡店的錢，所以特意去汽車工廠工作了一年。在那裡工作的絕大部分人都已經結了婚、生了小孩、過著非常安穩的生活，打算一輩子在那裡工作到退休。他的上司知道他未婚，便一直積極地向他介紹不同的女生，鼓勵他快點結婚。

我問：「為甚麼上司會希望你快點結婚？」

「他相信員工有了家庭之後，就會慢慢安定下來，對公司比較忠誠，因為辭職時要考慮的風險會多很多。日本的傳統企業都是這樣的，單身的員工對他們來說是不穩定因素，晉升機會也會比較低。」

雖然早聞日本的職場文化非常可怕，但沒想到某些公司為了留住員工，竟然還會使出催促結婚這種手段來干涉員工的人生，可怕的程度實在是超出了我的想像。

在我離開直島的兩年後，我在社交媒體上得悉池尻真的如願以償，跟女朋友在島上開設了一家小小的咖啡店，店內除了賣咖啡，還有賣一些甜點和手造飾品。從照片中得知他們還收養了幾隻可愛的島貓，學會了自製木傢具，又在自家的小花園種植不同種類的農作物，感覺二人在過著悠閒舒適的幸福生活。

我覺得在這個世代，心裡懷有夢想的人就已經是很厲害了，而會付諸行動努力追夢的人就更更更厲害了。看到池尻成功實現了他的夢想，為他感到高興之餘，也不禁問問自己：「那你的夢想呢？」

雖然我在直島生活的日子非常短暫，但我到現在還是不時會想起，那時候每晚從餐廳下班騎單車回家的十幾分鐘路程。被充滿夏日蟬聲的大自然包圍下，抬頭一看就是震撼得令我目瞪口呆的漫天星星。

1.4

日本冒險最終回——東京

“能夠在東京擁有自己的空間，對我來說就像夢想實現一樣，一路以來的淚水和汗水都瞬間變得值得。

從直島搬去東京之前，我就已經在網上找好東京的住宿，那是一間位於鷹之台的三人合租屋。只憑照片去判斷、沒有親身去看房子的話，其實存在著很大的風險，例如室友很髒、房子比照片殘舊很多、噪音或治安問題等等。幸好，實際住進去之後，我並沒有失望。除了它距離市中心比較遠之外，是一間寧靜、乾淨又舒適的房子。

只花了兩個星期，我就已經在東京成功找到一份兼職，而且還是自己很有興趣的廣告業。對於初到東京的我來說，那是一份讓我大開眼界的工作。上班經常都可以看到俊男美女模特兒，又可以跟著日本時裝雜誌的攝影師和服裝師到處去拍攝，簡直像做夢一樣。那時候的我可說是元氣滿滿，每天帶著熱情和好奇心去做好每一件事。

可是，日本的傳統職場有著非常多的

規矩和禮儀，即使同為亞洲人，我還是經常感受到各種文化衝擊。我不時也會被上司教導和教訓，例如要比規定時間早十五分鐘上班、不能在公司吃早餐、要為老闆沖咖啡、不能穿短褲、不能戴帽、不能看手機、下班要得到上司批准、離開公司前要負責倒垃圾、只要聽從命令而不要提出意見等等，感覺自己就像個不斷犯校規的小學生。

另外，老闆很吝嗇稱讚，又喜歡把我跟別人比較。每當他跟我長篇大論地指出我的不足之處，雖然我內心不盡認同，也難免會自我質疑。漸漸地，我對這份工作失去了自信和熱情，甚至會恐懼上班。雖然後來這家公司有幫我辦到工作簽證，讓我可以繼續留在日本，但因為老闆不願意把我從兼職轉成全職，所以我拿了簽證後就辭職了。

上班的最後一天，老闆也沒特別說甚麼，反而是他的工作拍檔語重心長的跟我說：「你身上有一些特別的氣質，而且你在各方面也很有才華，我希望你在將來會做出一些很厲害的東西。我們會再見的。」很佩服日本人隨口就能說出這些像日劇對白的說話，她這句說話安慰也鼓勵了我。

辭職後的一星期，我就已經找到了新的工作，居住的房子也剛好快要約滿。本來我是打算搬去市中心的合租屋的，但親眼去看了幾個房源，也是又小又貴，有一些還很髒。另一方面，內向孤僻的我其實強烈渴望獨居。思前想後，最後還是決定豁出所有，租了一間位於櫻上水的單人公寓。

記得當時的日本人地產經紀跟我說：「我知道這公寓是有點小，但同時它也比較便宜。你在這裡住兩年，就可以存下一筆錢。到你再想要搬家的時候，相信你的薪水也會比現在高，自然有能力搬去更大更美的家了。我覺得它現在是最適合你的，但還是要看你喜不喜歡。」我就是這樣被他成功說服了。

在繳付按金、租金後，我的儲蓄就只剩下僅僅一個月的生活費。入住後的最初兩個月，我窮得連買桌子的錢都不敢花，只好每天用紙皮箱當成飯桌吃飯。能夠在東京擁有自己的空間，對我來說就像夢想實現一樣，一路以來的淚水和汗水都瞬間變得值得。

回想起在我的人生中，我好像時不時就會這樣孤注一擲，作出一些自己無論如何也想要做到，但在別人眼中看起來是愚笨、衝動魯莽的任性選擇。但如果我的腦袋不是這樣奇怪的話，我現在就不會有這麼多故事可以跟別人分享了。

在那之後，我繼續在東京住了幾年，再轉了一份薪水更好的工、又搬了去一間更大的房子。但到了開始融入日本社會、工作開始上軌道、生活變得安穩舒適的時候，我又開始害怕就這樣過一輩子。每個禮拜就是平日工作到晚上十一、二點，週末就用薪水來購物、吃飯喝酒的循環。我問自己：「我安於這種人生嗎？抑或，我還可以選擇不同的生活方式？」

決定離開日本前，我曾經問自己最捨不得的是甚麼，結果就是我居住的房子、我的單車和日本的美食而已。驚覺生活了幾年，竟然也沒有一個會讓我感到不捨的朋友……那刻我就下定決心：「好吧，我應該要離開了！」

1.5 — 訓練情商的合租屋生活

“

一開始我會為了這些層出不窮的壞事情而感到厭煩、氣憤，但漸漸地，我學懂了接受倫敦的合租屋就是存在著各種問題的這個事實。

在東京嘗過三年獨居生活的美好後，我了解到自己是一個很需要私人空間的人，並不適合跟別人住在一起。

來到倫敦後，我才發現這裡的一人公寓的租金要比東京的貴最少一倍，不是我這種拿著普通薪水的單身人士能夠負擔得起的。都怪我總是抱著不知從哪裡來的勇氣說衝就衝，沒有仔細考慮好現實層面的各種問題就搬過來了。所以，無可奈何地，我只好重新回到跟別人同住的合租屋生活。

在倫敦的最初半年，因為疫情嚴重的關係，連餐飲業的工作也非常難找。幸得朋友J和她的男友收留我，讓我只需要付燈油火蠟的費用，就可以住在他們家的空置單人房，省下了租金支出。他倆都是饞嘴又擅長煮飯的人，跟他們同住期間，我幾乎每天都可以吃到他們煮的各種美食。

在某些特別節慶，例如聖誕節，他們更會煮滿一整枱食物。對於討厭下廚的我來說，實在是最好不過的事情。而且，他們家有一隻性情溫和的英國短毛貓，讓我在每次面試失敗之後都可以把頭埋進牠的小肚腩，被牠治癒。

雖然跟他們一家三口相處算是很融洽，但我也會擔心自己打擾人家的生活太久。可能是因為我住過日本之後，性格就變得像日本人那樣，總是會怕麻煩到別人吧。我每天都心急如焚很想要快點成功找到工作，好讓我有經濟能力可以搬出去。

然而，待到他們都快要搬家了，我還是無法得到任何工作機會，一直在燃燒積蓄的我，後來還是懷著焦慮不安的心情尋找下一個住所。

當我實際去看了幾間房子後，才發現原來倫敦很多租房廣告也是「照騙」。明明照片中的房間看起來又明亮又乾淨又寬闊，實物卻是又殘舊又髒亂又狹小。有一次我忍不住跟帶我看房的租客說：「你的房東也太擅長拍照了吧！我完全看不出眼前這房間是我在照片中看到的那一間。」他尷尬地笑著回答：「對，照片是房東特意找上一位攝影師朋友來拍的。」在倫敦找房子實在讓人感到心累。

而且，即使是環境惡劣，要跟四、五人同住在一間房屋的小房間，月租也要大約七千元港幣，跟這邊的薪金水平完全不成正比。在房子供不應求的倫敦，要找一間正正常常又價錢合理的房間是一件很講運氣的事情。再者，看房的時候對方也只會跟你吹噓這房子的優點，背後潛藏的各種問題，不到真正住進去是不會發現的。

我在倫敦前後住過三間合租屋，第一間只是住了三個月，第二間兩個月，到了第三間才總算安定下來，住了接近兩年。

我面對過的住屋問題林林總總——有早上六點和凌晨兩點的噪音、隔壁室友的做愛／吵架聲音、半夜被陌生人按門鈴騷擾；大便沒有被沖走的馬桶、廁所堵塞導致糞水洶湧而出（還要發生了三次！）；家裡有老鼠橫行、焗爐內放了一星期沒清理的食物殘渣；還有會擅自使用我的物品的室友、總想要控制所有人的室友、會尿在地上的室友等等。

一開始我會為了這些層出不窮的壞事情而感到厭煩、氣憤，但漸漸地，我學懂了接受倫敦的合租屋就是存在著各種問題的這個事實。反正是沒法改變的東西，自己一直糾結也無補於事。

幸好凡事皆有兩面，我很慶幸自己在這些合租屋裡也遇過一些很好的人。第一間合租屋的紐西蘭人室友M是個性格爽朗、幽默又友善的女生，每當她在廚房遇見我，總會停下來跟我閒聊幾句，有時候甚至會跟我一起坐在餐桌旁吃晚飯、喝啤酒。有一次我問她要怎樣才能在倫敦找到另一半，她說：「在Tinder[1]上把所有人都滑向右邊就可以了，倫敦可是有幾百萬個機會！」逗得我哈哈大笑。多得她，我才有機會可以每天多說英文，慢慢建立起一點點自信。可能也正因為那樣，在搬進那間屋一個多月後，我終於找到了一份心儀的工作，不用再為了失業而失落沮喪。

1 Tinder是一款手機社交應用程式，用於結識對象及約會。

第二間合租屋因為有鼠患問題，我在那裡只住了短短兩個月。雖然我跟室友們並沒有交流很多，但其中兩位法國人室友都是很善良的人。她們本身的工作是幫助一些被家暴的女性、情緒病患者，而在我搬進去和搬離開的時候，二人也有主動幫我把一些沉重的行李搬上搬落。

然後，我在第三間合租屋認識了現在還不時會見面的香港人室友J和台灣人室友A。很記得在我打了第一支COVID-19疫苗的晚上，我感覺到自己正在發燒，而且滿身疼痛，難受得怎樣也睡不著。明明是吃顆退燒藥就應該可以紓緩的症狀，粗心大意的我卻沒有事先好好準備。那一刻雖然很想向室友們求助，但因為怕會擾人清夢的關係，我決定就那樣硬撐到天亮。

一直等到早上七點幾，我終於聽到住在隔壁房間的台灣人夫婦A和E打開房門走出來，我拖著無力的身軀打開門問：「我一整晚都在發燒，你們會有退燒藥嗎？」

身為護士的A聽到後連忙從房間內找出一排退燒藥塞進我的手上，她一臉擔心地問：「你昨晚為甚麼不敲門跟我們說？」

「因為我不想吵到你們睡覺啊。」

「你是傻瓜嗎？你的身體比我們的睡眠更重要啊！你以後不用怕吵醒我們，有甚麼事直接敲門就好！」

吃藥之後，我就一直睡到中午。沒料到A還特意叫E為我煮了午餐，她對我的照顧讓我感到很溫暖。

至於香港人室友J，她是一個很外向、很喜歡跟別人相處、很會照顧別人的人。在我們一起住在這間屋的期間，她經常都會找我一起吃飯、跟我聊天、約朋友來我們家打邊爐、吃新年飯，又會很慷慨的把她做的蛋糕、煮的湯水分一些給我。雖然我跟她的性格大相徑庭，有時候我在家會累得不想社交，但如果不是有她的陪伴，我在倫敦的生活應該會更寂寞孤單。

可惜，A跟J都已經搬到別的住處，而經歷過多次的室友交替後，新的室友們對我來說都很陌生。

在合租屋裡，每個人都想要以自己最舒服的方式生活，但這種方式有時候會跟其他人的生活方式有所衝突。廚具擺放的位置、晾衣服的位置、暖氣的溫度、播放音樂的聲量、共用空間的清潔、共用消耗品的使用管理等等看似很微不足道的事情，卻很容易因為大家的想法不合而令彼此感到不快。

但在不同的合租屋住過之後，我學會了只要跟對方平心靜氣地好好溝通的話，其實大部分的矛盾都是能解決的。那小部分解決不了的，就只能嘗試妥協了，畢竟尊重每個人的不同也是很重要的。

儘管我已適應了跟陌生人一起住在合租屋，但我還是不時會感覺自己就像住在旅館一樣，無法視之為自己的家，也無法完全放鬆。原來擁有屬於自己的私人空間，真是一件很幸福的事情。怪不得這麼多香港人搬到外國後，第一時間就去買間房子。

希望在不久的將來，我也可以在地球的某個角落重獲一個安心、舒適的家吧。

II／跳出日常的自信

2.1

一個人生活的自在與孤獨

“

「做人要看開一點，在哪裡生活也是會累的。」

早前跟一位同樣在不同國家住過的朋友聊天，我們都認同長年累月獨自在外國生活是一件很累的事。

一開始初嘗獨居生活的自由的確是很美好的，終於不用被家人日夜嘮叨著，想怎樣就怎樣。我曾經以為自己很喜歡獨來獨往，身邊沒有家人朋友伴侶也絲毫不要緊。但久而久之，無法抵抗的寂寞孤獨感會在某些晚上突然襲來，把我擊倒。我才了解到，原來我也會渴望陪伴。

每天下班回家後就是對著冷冰冰的四堵牆，沒有任何可以讓我產生期待的對話或相處將會發生。如果家裡有貓，至少可以抱抱貓，又或是向牠「喵」幾聲。日常小事例如搭車、找路、買傢具、煮飯，到建立社交圈子、去醫院、搬家、找工作等人生大事，幾乎生活中遇到的所有疑難雜症都得獨自面對和解決，關關難過關關過。

一個人在外國生活的好處是，我能在短時間內快速成長、變得獨立，做到了很多以前住在香港時不會做的事情。例如我從來不會煮飯，連炒蛋也炒不好，到現在已經可以每天煮出不同的菜式。我在東京獨居的時候，家裡的所有傢具和家電都是自己逐一添置和組裝的，那時才發現自己有獨自組裝各種傢具的能力。雖然組裝過程其實並沒有很複雜，但成功完成還是令我很有滿足感。

情緒低落的時候，會特別懷念以前住在家裡的日子。跟家人住在一起的話，即使我頹廢到躲在房間裡一整天，甚麼事情也不做也不要緊。反正時候到了，他們就會提醒我要吃飯。現在是再累、心情再差也要硬撐著，為自己好好煮飯，然後我內心都會喊道：「天啊，好累！」以前都不知道煮飯洗衣服打掃等家務原來這麼花時間和精力，父母能一直照顧我們這麼多年，真的毫不簡單。

近幾年，我不時都會思考到底自己是為了甚麼而生活在外國？到底我把時間花在這個城市值得嗎？年輕的時候很想去見識世界、想要做很多事情、認識很多朋友、吸收很多養分、不斷挑戰自己，為了達成不同的目標而一直衝衝衝。那種生活還真的挺刺激有趣的，我的人生也因此而變得內容豐富。但現在不知道是人漸老了，還是已經衝到累了，心態和心境都改變了很多。我開始覺得那些花了很多時間和心力去追的，其實都不太重要。

孤獨久了，有時候難得回去香港跟家人朋友共聚，才發現原來有人陪伴，比起自己一個人，快樂的感覺好像能夠倍增。不能跟別人分享的快樂，好像就沒那麼快樂。而且，跟他們在一起的時候，我總能確切地感受到自己被寵愛著，不再孤單。

每次要從香港飛回倫敦的前一晚，我都會感到很不捨，難過得一直在哭。即使香港存在著很多問題，但這個地方給我的某些感覺依然是無可取替的。

有天我爸傳訊息問我最近過得如何，我跟他說最近很累，而我一向很少跟他傾訴。他說：「做人要看開一點，在哪裡生活也是會累的。你回來香港的話，我可以每天早上買早餐給你吃。」喜歡香港的他從來都不明白為甚麼我要跑去外國這麼多年，但他也曾經跟我說過，只要我開心的話，住在哪裡也不要緊。

看到他的訊息後，我又忍不住眼眶泛淚。有時候會想，是不是自己不夠堅強硬淨才會經常陷入這種狀態？但想深一層，其實住在外國的這七年多來，我已經堅強到憑自己跨越了超級多的人生障礙了。我應該要更欣賞自己，不應該對自己太嚴苛才對。

知道無論如何，家人也會準備好接著跌倒的自己，讓我有了隨時跌倒的勇氣。

2.2

—

祝我身體健康

“

這種聽著有點嚴重的狀況，我也是只能在電話中聽醫生講解，面對一大堆聽不懂的醫學名稱，感覺很不實在，我不知道應該如何反應。

從日本搬到英國之後，不知道我是因為無法適應這裡的天氣、水質和食物，抑或是已經無法再承受長年累月的壓力、疲僦和營養不足，還是被COVID的疫苗影響了免疫能力，我的身體接連出現大大小小的毛病。只是兩年多，我就已經看了十幾次醫生。

應該很多人也有聽說過吧？在英國看醫生比在香港麻煩多了。尤其是當你病得很辛苦的時候，要成功拿到藥物治理之前還是要先過五關斬六將，繁複的程度實在令人心煩。

首先，想要看醫生的話，就一定要在當天早上預約。如果下午才預約的話，通常就會被告知醫生的日程已經排滿了。我也曾經試過即使在早上八、九點就已經在網上預約，卻還是等了一整天也得不到任何回覆，非常無奈。

在英國看醫生大部分時候都是在電話中進行的，因為無法面對面用肢體語言表達，所以醫生跟我經常會出現言語不通的問題（部分診所會提供傳譯服務，但我去的沒有）。每次醫生跟我說起病名、藥物名、某些器官的名稱，我都會聽不懂，需要請他們串字給我聽，或是另外傳訊息給我。

雖然在英國看醫生困難重重，但當中也是有優點的。因為住在英國的人每個月都需要繳付英國醫療保險費用，所以除了看醫生毋需付診金外，我做過驗血、驗大小二便、心電圖、超聲波、磁力共振等各種身體檢查，統統都是免費的。雖然等候照超聲波和磁力共振還是等了好幾個月，但香港的醫生告訴我，這種速度已經比香港的公立醫院快很多了。

在腹痛了好幾個月，終於等到完成磁力共振的掃描之後，英國的醫生告訴我，我的身體內長了一粒瘤，現時不會危及到生命，但需要持續治理和觀察，以防它繼續長大。如果它長得太大，就一定要做手術把它切除。這種聽著有點嚴重的狀況，我也是只能在電話中聽醫生講解，面對一大堆聽不懂的醫學名稱，感覺很不實在，我不知道應該如何反應。

我請醫生把磁力共振的書面報告以電郵傳給我，但上面寫滿了艱深的醫學名稱，我需要逐一查字典才能稍稍理解。但因為也無法肯定自己有沒有誤解，於是便趁某次回去香港的時候，特意把報告拿給香港的醫生看。經她講解後，我才算真正明白報告上的內容和自己的身體狀況，可以暫時鬆一口氣，專心吃藥醫病。

在要搭飛機回去倫敦之前的幾個小時，我告訴我爸有關發現自己身體出現毛病的事情。我的病如果要在香港的私立醫院做手術的話，動輒要花十幾萬，對沒有購買香港的醫療保險的我來說實在是很大的負擔。至於在香港的公立醫院治療，雖然會便宜很多，但看專科醫生要輪候最少一年，要是需要做手術的話，便要輪候更久了。我怕拖延這麼久之後，本來不算大礙的病情都會變得嚴重。

本來只是想要把心中的鬱結說出來，沒料到我爸毫不猶豫地跟我說：「這有甚麼好害怕的，你又不是患上了甚麼絕症，手術費是十幾萬又不是百幾萬。你沒錢的話，我可以用我的退休金幫你，或是你跟你哥借也可以吧。很小事而已！你不要總是把煩惱憋在心裡不說，你說出來的話，我跟你哥都一定會幫你，一家人就是需要互相幫助的。你不用覺得不好意思，你不需要獨自去面對所有事情的。」

我聽到之後甚麼也沒說，就只是一直在嗚咽飲泣。明明我離家已經這麼久又這麼遠，每次回去香港還是能確切的感受到被家人、朋友們愛著，我想我是幸運的。我以前總以為自己最愛獨處，不想跟任何人有太深的情感交流。但獨自在外國生活久了，很容易就會被孤單和寂寞打倒，才明白到原來人再堅強，也是不可能一直孤獨地生活的。如果發生生老病死這些人生大事的話，我還是希望能在家人身邊，互相陪伴、支持著。

人愈大愈明白到這世上真正重要的事情只有很少很少，我們就不要窮一生去追逐那些根本不重要的東西吧。

2.3

每餐飯的重量

「從食材誕生到廚師烹調，再到我們把料理吃掉的這個過程，其中牽涉到很多生命的偉大事情，所以我們要好好保持感恩的心。」

生活在倫敦，其中一樣最困擾我的事情是，因為外出吃飯或是外賣都很貴的緣故，為了省錢，我必須每天煮飯。每天煮飯對於喜歡下廚的人來說自然是一大人生樂趣，但對於沒有興趣下廚的我，這不過是一項花時間、心思和力氣的痛苦家務。

以前剛開始住在東京時，因為很窮、沒多餘錢出外吃飯的關係，我也是每天煮食。那時候比較年輕，完全沒有注意飲食均衡，我通常只會花幾分鐘煮個烏冬，用壽喜燒汁或是鰹魚汁作湯底，再搭配一些肉、幾條菜就完成一餐，省時又好吃。這種沒甚麼營養的正餐，我吃了差不多兩年。直到我工作年資長了、薪水加了、生活壓力少了，才開始多去餐廳吃飯，有時候也會跟朋友去淺嚐一、兩杯。自從有了外食的餘裕，我煮飯的次數就大大減少了。

在東京挑選餐廳吃飯是一件讓人心情興奮的事情。東京的餐廳大多都用心經營、價錢合理、服務貼心，而且通常都很好吃，「中伏」的機率非常低。我跟朋友相約吃飯時，喜歡去一些從沒有光顧過的餐廳或居酒屋，有時候甚至會連Google Review也不看，隨意走進一間看起來不錯的店坐下來。即使誤打誤撞，我們還是很常被菜式的美味驚艷到，絕少失望而回。

想起在直島的餐廳打工的時候，我曾經問過同事池尻：「為甚麼日本人在吃飯前要雙手合掌，說一句：『我要領受了（いただきます）』；吃飯後又要說一句：『多謝款待（ごちそうさまです）』？」

「因為吃飯前後都應該要感恩，除了感謝食材為我們犧牲了生命之外，也要感謝準備食材、製作料理的人們。對人來說，時間就是生命。我們吃的每一道菜，都是那些農夫、運送者、廚師們花了自己的生命所煮出來的。我們把料理吃進肚子之後，那些食物就成為了我們的生命的養分。從食材誕生到廚師烹調，再到我們把料理吃掉的這個過程，是牽涉到很多生命的偉大事情，所以我們要好好保持感恩的心。」

也許正因為日本人如此尊重食材、尊敬提供食物的人們，所以普遍地日本的餐廳都會不負所望，用心為客人提供好吃的料理吧。

相比之下，在香港跟朋友吃飯要找到食物好吃、環境舒適、價值公道的餐廳就非常有難度。每次當我打開Openrice或Google Map查看餐廳時，總是一大堆評分很高的餐廳，但按進去仔細閱讀那些詳盡得不像是一般食客寫的食評時，不禁會懷疑到底其中有多少食評是真實的，有多少是餐廳付錢給寫手寫的。

因為我離開香港已經有一段時間，每次回去的時候我都會感覺自己有點像旅客一樣「盲舂舂」。有好幾次沒有想太多，就憑著網上評分高低去選擇餐廳，結果是一次又一次的「中伏」，又貴又不好吃。汲取教訓之後就不再相信那些網站的食評，寧願直接叫朋友們推介他們喜愛的餐廳，以減低浪費金錢的風險。

至於在倫敦，如果願意花錢的話，要找菜式好吃、裝潢漂亮、服務優秀的餐廳並不是一件難事。我有好幾位同事都非常饞嘴，還會分享他們的美食口袋名單，只要跟著去吃就不會有錯。但如果預算是只有£20以內一個人的話，餐廳選擇就會大大減少，「中伏」的風險也會相應提高。

有幾次下班後累得不想煮飯，便隨意走進一間看起來沒有很貴的餐廳吃個晚飯。我在不同餐廳嚐過£20以下的韓式炸雞、日式拉麵、越南河粉、中式炒麵等，結果味道都很一般，吃起來像是外國人煮的非正宗亞洲菜。這讓我明白到在倫敦找美食，就一定要事先在網上調查好，單憑感覺去選的話，最終只會失望和感到氣餒。但如果是以這個價錢在日本吃飯的話，就已經有很多好吃到讓人覺得疲勞盡消的選擇了，單是回想也令我垂涎三尺！

正因為倫敦不像香港或日本那樣，有魚蛋粉、米線、牛肉飯、日式便當這些便宜又好吃的平民美食，所以我才要每天煮飯。雖然我不喜歡煮飯，但當成功煮出一些自己也覺得很好吃的東西的時候，還是不禁會有點感動。畢竟最初搬到日本的時候，我連炒蛋也炒不好。長此下去，我或許能練出一身好廚藝，某天能為家人朋友煮出一頓連他們也會覺得好吃的飯吧。

LAUNDERETTE
SERVICE WASHES
WITH PLEASURE - SEE ATTENDANT
STAPLETON H
ROAD

2.4

眩目的人生火花

“

唯有在拍照時，腦袋總是不停運轉的我才能夠專注眼前的美好人事物，暫時停止思考那些過分複雜的人生問題。

自問是一個很悶的人，幾乎對世上絕大部分的人、事、物都提不起興趣或熱情。唯獨拍照這回事，多年來還是能讓我心跳加速、熱血沸騰。

人生的第一部底片相機是我十年前在香港買的，日子久遠得我早就忘了當年為甚麼會想要一部底片相機。那時候年輕的我還嫌這部售價千多元的相機有點貴，沒想到轉眼間就用了它十年，這樣算起來可說是非常划算。

以前住在香港的時候，因為工作繁忙、放假喜歡躲在家中，又不懂得欣賞香港的美，所以並沒有很常拍照。搬到日本之後，眼睛每天都被日本的美學滋養著，大開眼界。大概是因為身處在陌生的異地吧，我每天都可以用全新的目光和好奇心來看世界，即使只是最普通的日常風景，在我眼中也像一幀幀電影劇照。自那時候開始，我便每次出門都必定會帶備相機，深怕自己會錯過一些值得拍下來的畫面。

那些日子，仍然非常內向又害羞的我只敢拍風景和靜物的照片，就連替朋友拍照也是心驚膽顫、畏畏縮縮的，遑論要開口問陌生人可不可以給我拍照了。儘管照片沒有拍得多好，有時又會因為相機故障、設定錯誤、底片裝不好等種種原因，而令我期待已久的照片出現瑕疵，甚至全軍覆沒，但我還是很享受拍攝底片這個漫長又崎嶇的過程。即使當時我是自己的唯一觀眾和支持者，我從拍照當中就已經得到了很大的滿足感和樂趣。

從日本搬到倫敦之後，剛好正值封城時期，找不到工作的我每天百無聊賴，有用之不盡的閒暇可以外出拍照。在倫敦街拍的過程中，我絕少會遇到因為我拿著相機到處拍照而生氣的人，反而部分人會主動對著我微笑、跟我揮手打招呼，甚至搭話幾句。他們這種友善又溫暖的態度好幾次治癒了心情低落的我，讓我覺得世界仍是很美好。不知不覺間，我已經可以從容自在地替朋友甚至陌生人拍攝人像照，也慢慢在拍照這件事上變得自信起來。

某天跟朋友聊起我是個對自己超級沒有自信的人，即使有甚麼想做的事情，都會因為恐懼而不去開始，使自己經常陷於無法前進的困境中。她問我：「那你在甚麼時候最有自信？」那一刻我毫不猶豫就回答：「拿起相機拍照的時候！」

唯有在拍照時，腦袋總是不停運轉的我才能夠專注眼前的美好人事物，暫時停止思考那些過分複雜的人生問題。每當成功拍下能讓自己心動不已的照片，我好像也能夠喜歡自己多一點。朋友聽我說完後，跟我說：「你要相信自己的心，去做那些你真正喜歡的事情吧。」

因為我在倫敦拍了很多照片，為免把大量照片放到自己的社交媒體而令朋友們覺得煩厭，我便決定設立一個匿名的IG帳號（最初的帳號名稱是「非常消極倫敦日記」，後來改作「積極做人倫敦日記」），純粹想要跟陌生人分享這些照片和一些紀錄日常的文字。沒想到這個帳號的追蹤人數日益增長，透過它，我認識了一些同樣住在倫敦的朋友、不時會收到讀者的支持和鼓勵的訊息，也得到了一些拍攝工作的委託。

雖然身邊朋友一直鼓勵我成為攝影師，但我以前會很掙扎用拍照來賺取收入這件事。拍照是難得能讓我感受到快樂的事情，我很怕當它成為了工作之後，反會帶給我負面情緒。幸運的是，到目前為止委託我拍照的客人都是很好的人，每次拍攝的過程都非常順利、愉快。

客人找我拍照的原因各式各樣，例如生日、旅行、結婚週年、跟朋友／家人久別重逢、為自己留個紀念等，能夠為他們拍下這些重要人生時刻，對我來說是很有意義的一件事。而且，拍照的時候我們都會一直聊天，也會討論一些社會議題或人生苦惱，與其說是客人，感覺其實更像是認識了新朋友。因此，我已經不再抗拒把拍照視為工作了。

即使我的腦海中從很早以前開始就浮現過想要當攝影師的念頭，但以前的我會悲觀的認為自己資質不夠，永遠都不會是當攝影師的材料。記得幾年前有一次，我跟已經認識了十幾年的朋友袁澧林一起相約在東京的友人家吃飯，她突然用她剛學不久的日文問我：「你甚麼時候才會成為厲害的攝影師啊？」其實我有點高興她看穿我心中想要成為攝影師這願望，但當時的我還是不敢坦白承認，於是便口是心非地回答說：「我當不了的。」

現在才明白到，如果連自己都不相信自己能夠做到的話，就沒有人會相信我能做到了。所以，如果再有人問我這個問題的話，我會大聲回答：「我很快就會成為厲害的攝影師的！你等著看吧！」

雖然我有時候還是不禁會羨慕別人拍的照片比自己拍的好看，但仔細想想，拍得不夠好，很多時候就是因為拍得不夠多吧。多努力，自然就會慢慢進步，要給自己多一點耐性。能夠持續喜歡一件事十年，我已經覺得很美好。慶幸到了今天，我仍然會為了自己拍下的照片而心動。

這樣說好像有點誇張，但我真心認為拍照改變了我的整個人生。感謝當初沒有因為嫌相機有點貴而選擇把錢省下來的自己。

2.5

—

長得像黑幫老大的直島大叔

「人生就只有一次，每天都應該要做讓自己開心的事，想做的事情要放膽去試，不要害怕。」

我們總是嚮往自己沒有的東西，鄉下出生的人好像特別容易被大城市的生活迷住，而城市出生的人則會對鄉下生活抱有一種美好想像。生於香港的我也一樣，厭倦了人多車多的繁華鬧市，心中渴望著嘗試一種遠離煩囂的生活方式。

那時還住在京都的我，某天鼓起勇氣去聯絡一家位於直島的海邊餐廳的老闆。跟餐廳老闆往來幾趟電郵後，我成功得到了一份兼任廚房助理和侍應的工作，在那年夏天經歷了為期兩個月的小島生活。

餐廳的客人雖然以旅客為主，但也有幾位定期會來光顧的島民常客。其中一位是長期戴著太陽眼鏡、踢著拖鞋、開著綠色開篷跑車、長得像黑幫老大的光頭大叔。可能因為他的身形比較健壯的關係，剛認識他的時候，我猜他大約五十幾歲。後來才驚訝發現，原來他已經接近七十歲！

他告訴我，他在直島出生和長大，中間也有離開過一陣子，但覺得不適合，很快就回來了。直島的人口只有三千人左右，就跟香港任何一幢公屋裡面住的總人數差不多吧，我很好奇一輩子生活在這種小小島嶼的感覺是怎樣的。

這位直島大叔的日語有著非常重的地方口音，那時日文還是爛透的我幾乎完全聽不懂他的說話，只能憑偶爾聽得懂的幾個詞語和他的動作、表情去猜測箇中意思。即使無法順暢地溝通，他卻不知為何好像特別喜歡我。第二次在餐廳遇見他的時候，他提出可以趁著我的午休時間開車載我去環島一圈。遇上如此難得機會，同事們又叫我放心去玩，我就恭敬不如從命了！

他一邊開車，一邊雀躍地跟我介紹沿途經過的藝術品和建築，又載我去一些當地人才會去的小山和海邊，我就像個旅客般興趣盎然地看著車外不斷變化的風景。他說話的大部分內容我都聽不太懂，但為免場面尷尬，我只好不懂裝懂的隨機回應他：「原來如此」、「哦哦，好厲害」、「真有趣」。可能他會覺得我答非所問，腦子奇怪也說不定。

過了沒多久，他又邀約我去跟他的朋友一起自駕小遊艇去男木島遊玩。當天我本來要去餐廳上班，幸好同事池尻願意替班，我才可以放假去玩。我跟直島大叔從來沒有交換任何聯絡方法，所以他每次要找我都要特意到餐廳，如果碰上我放假的話，他就會叫店長或是同事替他傳話。雖然使用手機、電腦等電子器材跟朋友聯絡實在簡單方便得多，但我覺得他這種原始的聯絡方式盛載著更深厚的情誼。

那次，直島大叔從店長口中得知我將會搭巴士去餐廳找他會合，他竟然特意駕車來我家附近的巴士站接我，非常貼心！這是我人生第一次坐小遊艇出海，還要是日本的瀨戶內海，對我來說是很珍貴、很特別的體驗。穿上救生衣、踏上小遊艇的時候，我就已經感到無比興奮。大叔見我心情大好，便替我拍了幾張照片留念。

從直島往男木島的船程大約一小時，當我們駛到海中央，映入眼簾的就只有一望無際的藍天和碧海，視線內沒有看到任何建築物，我心裡禁不住驚嘆：「這片天空好大！」遙望遠處一個個島的時候，他們會告訴我那些島的名字，和一兩句關於那個島的小知識。例如男木島向西的海面經常會泛起大浪，所以那邊的海岸建起了小堤壩阻擋海浪。

小遊艇的航行基本上是用電子導航系統的，但直島大叔心血來潮叫我試著駕駛看看，他的朋友馬上就把操控桿交給我，跟我笑說他們的生死就控制在我的手上了。我因為聽不太懂他們的日語駕駛教學，不小心讓遊艇驚險地自轉了半個圈。那時旁邊還有另一艘船駛過，我深怕會弄得兩船相撞，可說是驚險萬分！幾分鐘後，我開始稍為學懂了怎麼操作，但由於還是無法保持直線前進，為免發生意外，我決定把駕駛這重任交還給比我可靠的導航系統。

到達男木島後，我們遇見了另一位在直島工作的日本女子，便邀請她一起吃飯和遊島。我很高興她的加入，只要有她在，我就不用苦惱要如何用日文跟兩位大叔聊天了。

男木島島上到處都是貓，我們只是隨意走走也遇見了不下二十隻貓，難怪被稱為「貓島」。除了貓以外，島上一些狹窄的巷弄和高低起伏的地形亦非常有特色，跟直島的平坦街道成了很大對比。午飯過後，我們慢慢散步到島上最高的位置坐下來，一邊俯瞰著這個小小的島，一邊聊天。期間還有兩隻貓在我們的身邊走過，這種悠閒平靜的日子實在可愛。

聽著直島大叔跟友人聊天時，隱約知道幾年前他患過重病，在醫院住了好幾個月，對他和家人來說，每天都是煎熬。所以當他病癒之後，他就決心接下來的日子都要努力讓自己和身邊人笑著過。他鄭重的跟我說：「人生就只有一次（人生は一回しかない），每天都應該要做讓自己開心的事，想做的事情要放膽去試，不要害怕。」

回去直島之前，他一直叫我多拍一些照片，又建議我把照片帶回香港辦一個展覽，讓更多香港人認識瀨戶內海的這些美麗島嶼。他知道我喜歡拍照，所以跟我說他可以隨時開車載我去不同的地方，我想拍多久就拍多久，又多番鼓勵我藉此機會成為攝影師。雖然心裡非常感激他的好意，但我對自己的拍攝技術沒有絲毫自信，對於成為攝影師這件事更是想也不敢想。

在我要搬去東京前的一個禮拜，直島大叔幾乎每天都會特意跑來餐廳喝杯咖啡，然後每次都會放下一個五百日圓硬幣，說是給我和同事的小費。雖然不是甚麼貴重的東西，但他這份心意讓我感到很溫暖。

在直島的最後一天，我在便利店把一張我在男木島拍下直島大叔的照片印成了明信片，又在後面寫下了一些表示感激的說話，打算送給他作紀念。可惜當天他有事要忙（也許是躲在家裡偷哭？），沒法來餐廳，我們並沒有機會面對面說聲再見。我只好請同事在我離開之後幫忙把明信片轉交到他的手上，希望這小小禮物能讓他笑起來吧！

＊＊＊

後記：七年後翻看當年寫下的幾篇日記，並重新整合成這一篇往事時，我再次被直島大叔的說話衝擊心臟，那時候自己有把這些經歷紀錄下來實在太好了。沒想到相隔了這麼久，我才終於開始喜歡自己拍的照片，正努力朝著成為攝影師這目標前進。因為到最後也沒有跟直島大叔交換聯絡方法，所以不知道他的近況如何。誠心祝願他身體健康、一切安好！

本館
こばやし

2.6

「失敗者」的人生哲學

“

如果你無法 fit in 一個地方的價值觀的話，其實是可以選擇離開的。

不知為何很多時候跟香港的舊朋友見面時，總是很快就會被問起在外國工作薪水有多少、薪水有沒有比較高、有沒有打算在英國買樓等問題。

由於我不是從事甚麼需要特別技能的工作，薪水自然不高，所以也沒甚麼好拿出來說的。而且如果只是要賺錢的話，留在低稅率的香港應該會比較容易。但對我來說，能夠在日本和英國生活和工作、能夠認識來自世界各地，擁有不同文化背景的人、能從他們身上學習怎樣做一個更好的人，對我來說是大開眼界、非常寶貴的人生經歷。

若是以香港社會的主流價值觀來評價我的人生的話，沒有車、沒有樓、沒有高薪厚職、沒有錢、沒有結婚、沒有生小朋友的我絕對是失敗的。我不會說甚麼「心中富有」就可以了這些說話，畢竟現實中沒有錢就是會帶來很多煩惱、麻煩。

出身於公屋的我也會羨慕那些出身在中產家庭的人，至少就經濟層面來說，他們一開始就擁有很大的優勢。我認識一些朋友，父母願意在他們三十歲左右的時候替他們支付買樓的首期，甚至全額。所謂「成功靠父幹」，從此他們的生活負擔就輕鬆多了。

然而，就我個人而言，我對那些東西沒有熱情。即使社會一再想糾正我的價值觀，我還是覺得人生應該是為了自己，而不是為了他人的目光而活。可以的話，我就只想做自己想做的事情，而不是別人希望我做的事情。話雖如此，個人意志還是難敵群眾意識，有時候我也難免會懷疑自己人生的種種選擇。

看見朋友升職加薪、買車買樓，我也會想像如果我聽從別人的勸告、安分守己留在香港辛勤工作的話，我的事業是不是應該就已經取得某些成就，我的薪水是不是就會比我現在的高很多？但人生若是只計較名成利就的話，也太沒趣了吧？而且，那種安穩平淡的人生根本就不適合喜歡隨心所欲的我。

記得有一天，日本人前室友回來我們家拿他寄存在這裡的行李，他在非洲背包旅行了兩、三個月，才剛回來。我問他：「你是不是不打算回去日本了？」

「對，我打算在倫敦再住最少五年！我工作的日式超級市場願意幫我辦簽證。」

我續問：「但是你為甚麼不想要回去？回去的話，你可以有一份在辦公室上班的工作啊？」

「我在日本住太久了，覺得很沉悶。在這邊生活，每天也能得到很多新衝擊，有趣多了！」

記得之前他說過討厭在日本上班，也不滿日本人太自大、固執、勢利。他從大學時期開始就已經很想要出國生活，一直工作到了三十歲這關口，才終於下定決心要來英國工作假期。沒有特別人生目標的他只想輕鬆、快樂、自由地生活著。我曾經問他：「在英國有甚麼最想要做到的事情嗎？」他說：「有！我想去曼徹斯特的足球場看曼聯的球賽。」我覺得像他這樣簡單做人其實也很好。

我知道在香港，有很多人活得很不開心，但又不懂得如何才能讓自己開心一點。每天拚命地工作著，卻好像永遠都得不到自己真正想要的生活。很多香港人都花盡一生時間去工作，就只為了買一層樓。這一點在外國人眼中看起來，是很不可思議的。

如果你無法fit in一個地方的價值觀的話，其實是可以選擇離開的。就當是作為「失敗者」的自我安慰吧。於我而言，追尋屬於自己的「快樂」，可是比贏得世俗定義的「成功」重要多了。

覺得很累的時候，就去找個空曠的地方看看廣闊的天空吧。

2.7

從社畜進化成人類

“

「公司的有薪假期是沒有上限的，只要你有需要的話，放假多少天也可以。」

在英國的公司工作過之後，就明白到自己以前在香港、日本工作的時候有多社畜。

我讀大學的時候主修電影。早在面試時，該系的教授就已經警告我從事這一行業的工作將會又窮又辛苦，勸我如果要養家的話就千萬不要選這一科。但年少無知的我對於工作、薪水、生活這些事情根本毫無概念，還是懷著滿腔熱誠地回答說：「辛苦和薪水低也不要緊，我很喜歡電影！」

讀電影的過程非常有趣好玩，但畢業後因為想要一份收入比較穩定的工作，所以我沒有考慮從事電影製作，而是去了電視台當導演助理。當電視台的導演助理除了薪水低（當時就已經是「譚仔姐姐」的薪水比較高）、工時長（一週工作七天，一天工作十六、十七個小時也是家常便飯），還要經常成為導演、演員或其他資深同事的出氣袋，是一份身處食物鏈最低層，充滿壓力的工作。

也許是我的抗壓能力太差吧，即使我在電視台只是短短工作了一年左右，身體就已經出現胃酸倒流、持續肚痾肚痛等問題。看了幾次醫生後被診斷為「腸胃焦慮症」，才知道原來心理真的會直接影響生理。雖然這工作確實能帶給我滿足感，但身心健康實在重要多了，所以當我工作的電視台在拿不到經營牌照而裁員之後，我就再沒有去其他電視台當導演助理。

後來我曾經在一間影片製作公司工作過，原以為會比電視台輕鬆，怎料不幸遇上苛刻的老闆。最深刻的是有一次開會，她試圖「教育」我，說：「因為你是我公司的員工，拿著我給的薪水，所以你好應該一星期七天、每天二十四小時都隨時待命。即使我凌晨兩點向你傳送工作訊息，你也要作出回應和行動。」

聽到這些說話一刻，我覺得很委屈、心裡非常難受。我無法理解明明那就只是一份工作，而且薪水還要很低，她卻可以要求我付出整個人生？當天我毫不猶豫就作出了裸辭。

慢慢才發現，原來無上限加班的工作和泯滅人性的老闆在香港非常普遍。雖然我沒有認識很多其他業界的朋友，但身邊從事廣告、媒體製作、設計的朋友，大多都面對著工作時間過長、休息／睡眠時間不足、職業倦怠（burnout）等問題。有些公司甚至會以「專業」、「追夢」、「有意義」、「滿足感」來包裝不合理的工作待遇，鼓勵員工更賣力（賣命）工作，卻不打算多聘請幾個人分擔工作量，或是提升薪金水平。

至於我在日本工作的時候，就是如大家所認知的日本職場一般，每天都在加班、階級觀念很重、上班很壓抑。不少日本人甚至會把工作視作比自己優先，即使病到半死也不會請假，部分人還會覺得請假是不負責任的行為。我有一位後輩，入職超過一年也從未請假，因為他覺得自己不應該放假。另外一位朋友，累積的年假竟然高達四十天，就因為她在疫情的幾年間都沒有放過假。

有一次，我為了要回香港一趟而請了五天假，新來的上司知道後問我：「你為甚麼可以請假這麼多天？這會為別人帶來困擾的！」如果是日本人的話，一定會乖乖向他道歉。但我恃著自己是「外國人」，倒是理直氣壯的回答：「前上司和人事部已經批准了。」他就自動閉嘴了。

在英國的公司開始工作後，我才恍然大悟世上真的有「work-life balance」這東西，原來它並不是一個傳說。我在這公司除了絕大部分日子都可以準時五點半下班、可以自行選擇在家工作，還可以每年享用非常多的有薪假期。

剛入職的時候，這公司的老闆就跟我說：「公司的有薪假期是沒有上限的，只要你有需要的話，放假多少天也可以。」但我一直都半信半疑，心想哪有可能這麼自由，所以不敢請假太多。直到看見同事們都盡情放假，每年請假三十幾、四十天到處去旅行；甚至乎老闆也多次強調我們可以放心請假、鼓勵我們多出國增廣見聞，我才開始放心享用這員工福利。

闊別三年後回去香港的時候，我就向公司請假三個星期，還申請在香港遙距工作一星期。幸好這公司這麼自由，我才能夠在香港待那麼久、有很多時間可以跟好久沒見的家人朋友們相聚。下班和放假的時候，我甚至可以把電話和電腦關掉也完全不會被責怪。不像我在香港和日本工作過的公司，會要求我放假也要查看訊息／電郵。

我在香港遙距工作的時候是需要跟從英國時間的，所以我每天都是下午兩、三點開始工作，到晚上十二點左右才能下班。有時候我下班了，卻發現在香港公司工作的朋友們還在加班工作，實在替他們感到無奈。

雖然工作是人生很重要的一部分，但千萬不要任由工作吞沒自己的人生。當你為了工作而不夠時間去休息、跟家人朋友相處、思考人生、認識自己、學習新知識、體驗新事物、感受快樂的話，那人生還剩下甚麼？

只要夠勇敢，我們一定可以有更好的選擇。

2.8

熱愛深水埗的日本攝影師

“

「人生要像坐過山車般大起大跌才好玩，平淡安穩的多無聊啊！」

住在東京的日子裡，我把絕大部分的時間和精神都放在工作上，即使週末放假，我也總是覺得身心俱疲，甚至累得沒有心力去拍照或是認識新朋友。

在日本跟我相熟、會聊心事的朋友，用一隻手就可以數完了，而其中就只有一位是日本人，由此可見我是真的不懂怎樣跟日本人交朋友。

我的這位日本人朋友K先生是高圓寺一家底片相機店的老闆，他同時也是一位紀實攝影師，用照片紀錄過很多大型天災人禍的現場。因為他的年紀比我大幾年、經歷也比我多，所以每當我有一些人生煩惱無法想通的時候，就會跑到他的店，跟他聊很久的天。

我感覺跟他的相識經過完全就是緣分使然吧。某天，我跟朋友偶然走進了他的店，他聽到我們用廣東話聊天，便用帶著日本口音的廣東話跟我們說：「你好！」又說：「X你老母！」我很好奇他為甚麼會懂得說這句博大精深的香港髒話，便跟他繼續聊下去。原來他在學生時代看了澤木耕太郎的《深夜特急》，便對書中描述的那個炎熱、充滿活力、繁華熱鬧的香港產生了憧憬。

踏入社會工作之後，他曾經去過幾次香港旅行，期間被一些他覺得很有趣的畫面深深吸引著，例如在茶餐廳裡總是會見到一些大叔咬著一根牙籤「𨈇」高腳坐、夏日的街道上有很多赤裸上身的男人，還有在新界遇到一位戴著很大頂客家涼帽的老婆婆等等。這些我住在香港時從來沒有特別去留意的日常，原來代表著一些香港獨有的文化。

K先生最喜歡的地區是深水埗，對比起日本的整潔、單一和安靜，他覺得深水埗的雜亂無章、多元化、吵鬧要有趣得多。有一次我放假回去香港，剛好他也在。於是某一晚，他約我去深水埗，帶我去逛逛他喜愛的店舖和攤檔。明明我在香港出生和長大，卻不及他那樣熟悉深水埗的街道，所以整個晚上也只能跟著他走，好像我才是旅客似的。

儘管他只會說很簡單的廣東話和英文單詞，他還是很積極的跟所有偶遇的香港人溝通。讓我最深刻的是，途中我們遇見了一位街道清潔工嬸嬸，他從背包裡拿出一樽全新的維他蒸餾水送給她，嬸嬸便送他一包嘉頓威化餅作回禮。雖然語言不通，但只要努力嘗試，人與人之間還是能通過各種方法進行思想或情感交流。看見他那樣，我才發現自己在香港很少主動跟陌生人接觸，對這城市中的人和事都有一種疏離感。

某一年，他突然很害怕會永遠失去他喜歡的香港，很怕將來在香港不會再聽到有人用廣東話說那句髒話：「X你老母～」，於是他在一年間到訪了香港近十次，而他每次逗留都會拍下大量照片，為那些對香港人來說極為重要的片段留下紀錄。他回到東京之後，很用心的把照片整理好，自費出版了兩本攝影集和一些小冊子，放在香港、台灣和日本的一些獨立小店寄賣。攝影集的銷情結果還不錯，但他竟然把其中不少盈利都捐往香港的非牟利團體，說想要幫助有需要的香港人，我覺得他真的是瘋狂得很帥氣！

我問他：「你之前把相機店賺到的錢都用來買前往香港的機票，現在又把攝影集賺到的錢捐出去，留一些錢給自己過安定一點的生活不好嗎？」他應該覺得我這想法太世俗吧，所以帶點不屑的回應我說：「我對昂貴的名牌衣服沒興趣，我吃便宜但好吃的東西就能滿足，快樂的生活不需要花很多錢的。人生要像坐過山車般大起大跌才好玩，平淡安穩的多無聊啊！即使明天有甚麼不幸的事情降臨在我身上，我也會覺得那是一個挑戰，不會就此氣餒的。」

在二〇二二年，俄羅斯向烏克蘭發動戰爭。雖然我已經很久沒跟K先生聯絡了，但在IG上注意到他頻繁地飛往烏克蘭，用相機和日記紀錄了當地的很多人和事。他之後又在日本舉辦了幾場攝影展，向公眾講述新聞報導以外的戰爭真相。我非常欣賞他的勇氣和行動力，但同時也不禁會擔心他的人身安全，希望他每次前往那些危險的地方之後也能平安歸家吧。

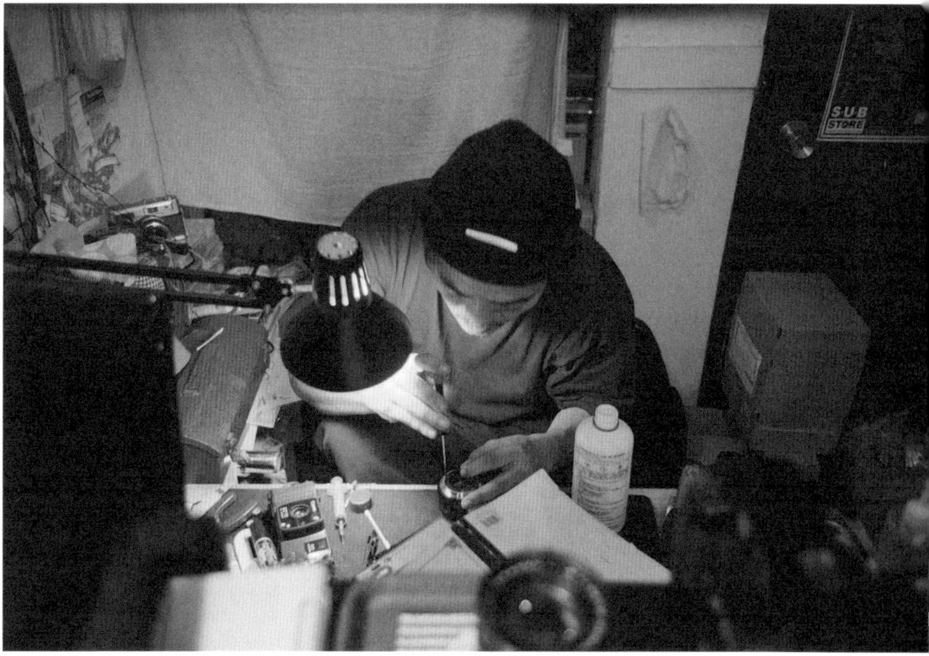
SUB STORE

功夫相機

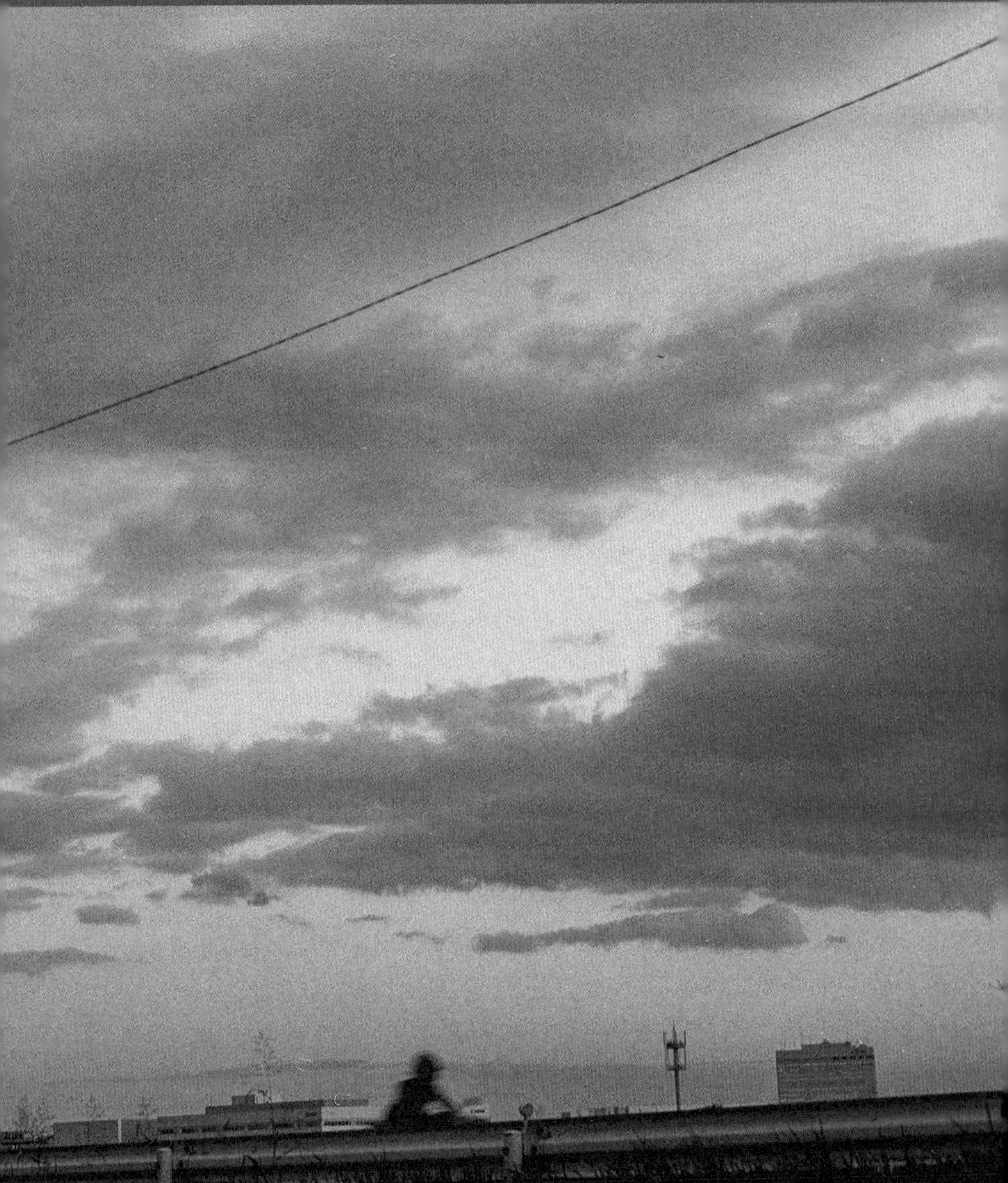

III／活在當下的從容

3.1

無懼颱風的一家四口

「有心開始的話，永遠不會是太遲。」

在直島的海邊餐廳打工的時候，來自日本和外國的客人比例，大約一半一半。因我當時的日文程度還不足以跟日本客人流暢對答，所以用英文接待外國客人對我來說，反而就相對輕鬆得多，有空時更會跟他們閒聊幾句。

雖然在島上只生活了一個夏天，但至今仍然印象深刻。還記得某個颱風天的前夕，餐廳來了一家四口的外國客人，我幫他們點餐後，那位爸爸讚我英文講得非常好。哈，明明我的英文在香港就是會被嫌不夠好的程度，來日本後卻變得很常被稱讚了。被稱讚自然心情變好，便主動跟他搭話。

「颱風明天就會到，島上可能會有狂風暴雨。」我說。

他聽到後第一反應便問：「那會有危險嗎？」

「不會，只是往返城市的船應該會停駛，島上的設施也會關掉，而且大風大雨也不好走在街上。」

然後，是一個讓我意想不到的回應，他鬆一口氣說：「沒關係，那樣的話，我們就待在房間看書、畫畫和素描吧。」

我聽後，就覺得這家人也太瀟灑、太有內涵了吧！難道他們是藝術家嗎？我實在無法想像，如果香港人去旅行時遇上颱風，會安靜地留在房間裡畫畫，至少我沒有認識會那樣做的朋友……

然後我說：「這真讓人羨慕，我希望我也懂得畫畫。」

他笑著回答：「有心開始的話，永遠不會是太遲。」

當刻，這一句說話強而有力地直插進入我心坎裡！

那時候的我，剛巧被前路問題困擾著，苦惱應該在工作假期完結後便回到香港，繼續打一份永遠不會買到樓的牛工，還是去東京找一份可以讓我繼續留在日本的長工，挑戰自己的能耐？

那一年的我二十六歲，明明也才不過從大學畢業了幾年，人生經驗尚淺，卻因為社會對於年齡的各種定義——「三十歲就應該這樣那樣……」，讓我總覺得自己已經不算年輕了。眼看朋友、同學們的事業或愛情都開始上了軌道，大家都朝著某個人生方向穩步前進，準備買車買樓結婚生仔，好像只剩下我還在到處亂碰亂撞，不禁懷疑自己是不是也應該要安定下來呢？

但聽了外國人爸爸的這句話再想，我還未夠三十歲，若幸運地能在六十五歲退休，也還有三十年以上的時間要工作，如果現在就因為恐懼而停止開始挑戰自己的話，將來的人生一定會很無聊吧！

為甚麼人生的選擇要被年齡束縛著，幾歲就應該要做甚麼？幾歲就應該要有甚麼成就？到底這些世俗觀念是誰先定下來的？這難道不是社會想要欺騙我們放棄追夢，要我們乖乖地當一顆社會的齒輪、安分地辛勤工作的手段嗎？

但我們其實可以選擇不當齒輪的。

思想若是自由的話，六十歲可以當背包客，七十歲可以談戀愛，八十歲可以學跳舞，即使沿途一定有很多人跟你說不、不、不。

趁還活著的時候能做到想要做的事情，又怎會算是太遲？

若順從社會的寄望，被年齡限制著自己的選擇，你的人生自出生那刻開始就已經被框住了。現在每次要作出重大的人生選擇時，我都會跟自己說，即使做了然後碰壁，也算賺到了一份經歷和回憶，日後有更多有趣的故事可以跟別人分享。最怕將來每天後悔自己當年沒有好好珍惜機會，甚麼都得不到之餘，時光又無法倒流。

幾年後，搬到英國生活的我，終於參加了期待已久的人生第一個畫畫班。明明是初學者班，但第一次去上課時，便發現班裡有一半以上的同學都是年紀比我大的姨姨和婆婆。每次課堂最尾要互相評論大家的作品時，她們總不吝嗇稱讚那些我以為平平無奇的作品（包括我自己的），看見那些我看不見的美好。每次跟她們上課都會得到一些啟發，深深感受到人生的視野實在不應該被年齡所限。我也漸漸明白到真正限制著我人生的，從來都不是年齡，而是內心的恐懼，怕自己沒能力、怕被批評、怕辜負別人的期望、怕做錯決定等等。

克服這些恐懼要做的，其實就只是迫自己去踏出第一步，當事情開始了之後，世界都會被你吸引過來幫助你的，然後繼續走第二、三步，便簡單容易得多。

3.2

諸多限制的身分

"

「這是我們的地球啊！所有人都應該可以自由選擇自己想要去的地方，而不應該被這些混蛋政府所限制的！」

「我好想要成為日本人啊！」在一次除夕夜的火鍋派對中，其中一位住在高圓寺、二十歲出頭的中國男生這樣跟我說。正在東京的某間大學修讀設計的他，打算在幾年後申請入籍日本，意味著他將會放棄原生的中國國籍。

聽他這樣說，我不禁感到訝異，腦海中霎時浮現出很多疑問，很想要追問他：「為甚麼會萌生出想要成為日本人這個念頭？」、「當一個中國人，跟當一個日本人有甚麼差別？」、「難道拿了日本護照後，你就可以馬上搖身一變變成日本人嗎？」、「你覺得入籍日本後，日本人就會認同你的身分嗎？」等等。但為免聚會的氣氛變得尷尬，我閉住了自己的嘴。

我從來都沒有思考過，原來一個人可以改變原有的身分，去成為其他國家的人。對在香港出生和成長的我來說，即使我長期在別的國家工作和生活，甚至如果將來成功拿了英國或日本的國籍，我內心應該還是會認為自己是香港人吧。即使香港的問題一大籮，我心裡仍然捨不得把她完全割捨。

近年才發現，我們的國籍、護照除了代表著我們的身分，還很大程度上決定了我們人生的自由度和可能性。但同時，我們的身分並不是一本護照就能說得清的。

因為我只持有特區護照，所以當初是用工作假期簽證（Working Holiday Visa）進來英國的，幸好我的公司願意付費幫我辦理工作簽證，我才可以繼續留下來。有時也難免會羨慕我公司的歐洲人同事，可以自由地選擇在歐洲任何一個國家工作和生活（可惜英國脫歐了），而不用被工作簽證所限制著。

我在英國曾經遇到一名香港人移民的第二代，他的家庭從三、四十年前就已經從香港搬來英國，他是在英國出生和長大的，只去過香港兩、三次。因為他不會說廣東話，所以我跟他聊天都是用英語。

我問他：「你覺得自己是英國人嗎？」

「不完全是吧。別人問起，我都會解釋我的父母是香港人，而我是在這裡土生土長的。但我也不會覺得自己是香港人，就是一個難以簡單說清的身分。」即使他拿的是英國護照，他還是無法坦然承認自己是英國人。

又記得一次在倫敦刺青時，出生在波蘭，但在六、七歲的時候已經跟家人移居過來的刺青師跟我聊起，拿著波蘭護照的他在英國脫歐後遇到的麻煩。在前幾個月，他從維也納旅行回來的時候被英國的海關留難，對方一直說護照照片上的人不是他，還把他帶到小房間內困住他四、五個小時，又要求他出示印有他名字的家居帳單。試問哪會有人帶著這些帳單去旅行？幸好他在倫敦的室友剛好在家，拍了帳單的照片傳過去，海關才終於批准他入境。

「你沒有打算換成英國護照嗎？」我問他。

「我沒有英國護照也可以在這裡工作和生活啊，英國護照對我來說一點意義也沒有，我才不要浪費那個錢。」他繼續氣憤地說：「這是我們的地球啊！所有人都應該可以自由選擇自己想要去的地方，而不應該被這些混蛋政府所限制的！」

湊巧地，在葡萄牙遇到的刺青師也跟我說過類似的說話，她說：「為甚麼要讓我們的國籍決定了我們的人生？為甚麼只是因為出生在不同國家、拿著不同的護照，我們可以享有的待遇和自由就會差天共地？『國家』根本就是一種充滿歧視的體制，全世界都應該取消這種東西！」覺得說出這些話的他們都很帥氣，大概刺青師們都擁有自由的靈魂吧。

雖然可以猜想在我們有生之年也不會等到真正世界大同的一天，但既然無法改變世界，倒不如改變自己。身為香港人，如果沒有能力移民，也可以選擇像我一樣以工作假期的方式去外國生活看看。幸運的話，也許會遇上一間願意幫忙申請工作簽證的公司，讓你可以一直留在當地也說不定。

3.3

—

以不傷害別人為大前提

❝

我完全無法相信日本人說話中的表面意思，即使是很簡單的一句話，也會懷疑他們是不是話中有話。在日常生活中，每時每刻都需要猜度對方真正的心意，實在很累人。

搬到日本後，我發現日本人的說話方式非常委婉迂迴，跟香港人的截然不同。他們說話的字裡行間經常都會隱藏著別的含義，如果單憑表面意思去理解的話，很容易就會錯誤解讀。他們在表達情感或意見時都習慣拐好幾個彎，對於直腸直肚、不擅長聽出弦外之音的我跟他們溝通的時候，往往就像雞同鴨講，不時都會讓我感到莫名其妙。

例如當日本人拒絕別人的邀約時，他們不會直接說不，而是會說：「我很想去！但對不起，那天剛好有事了。」、「如果可以的話我會去的！」、「很高興你邀請我，但我今天有點身體不適。我們下次再一起去吧。」等聽起來對於邀約很有興趣的說話。但如果你誤信了而再次邀約他們的話，他們可能就會覺得你不識趣、不懂閱讀空氣了。

有一次我忍不住問一位日本人同事：

「當你要拒絕朋友的邀約時，即使不想去，還是會表現出很有興趣嗎？」

他毫不猶豫就回答說：「會啊。可能會說我很想去，但最近加班加到很晚之類的。」

我問：「不想去的話，為甚麼不直接拒絕就好？」

「因為那會令對方受傷啊。如果你邀約別人，你會寧願對方跟你說『我不想去』嗎？」

「對啊，我喜歡別人坦白直接。」

日本人很少會明確地否定一件事，或肯定地說「不」，日常中很多遣詞用字都是為了社會禮儀、顧及別人感受、維持彼此關係而說的。例如去試衣服，即使不喜歡，他們也會跟店員說：「我再考慮一下。」如果問對方可不可以做某件事，而對方回答說：「這個可能有點困難……」的話，就是代表「不可以」。即使討厭某種食物，也不會直接說「討厭」，而是會說「苦手（にがて）」（即是「不擅長」、「不怎麼喜歡」的意思）。每當我直接說出「討厭」時，日本人都會作出一臉驚訝的表情，可能是覺得我很失禮吧。

最初我實在無法理解這種文化，覺得虛偽之餘，又讓人與人之間的溝通變得更複雜。我完全無法相信日本人說話中的表面意思，即使是很簡單的一句話，也會懷疑他們是不是話中有話。在日常生活中，每時每刻都需要猜度對方真正的心意，實在很累人。沒料到在日本住了幾年後，我的思考和說話方式卻在不知不覺間變得愈來愈像日本人，開始明白和認同他們這種想要圓滑地處事待人的態度。

例如，我現在也會因為不好意思直接拒絕別人的邀約，即使不想去，也只會跟對方說：「我們遲些再約吧。」又有些時候，我說的話就只是為了讓對方感覺好一點，而沒有表達出自己內心的真正想法。相熟的朋友知道後忍不住跟我說：「你直接點吧！別人沒有在日本住過，不會明白你的意思。」到底哪一種說話方式才比較不會傷害別人？實在是很難說得清。

說話委婉這一方面，英國跟日本其實也有點相似。在工作的時候，英國人也不會直接批評，而是會把一大堆稱讚放在說話的開頭，先認同你的努力，讓你感到被尊重，然後才開始說起他們覺得不夠好、需要你改善的地方。雖然被稱讚時內心會感到高興，但因為文化背景不同，有時候我會懷疑到底他們是由衷的稱讚，抑或只是為了後面真正想對我說的意見而隨便編一些東西作緩衝？

還好，他們在某些時候還是會很直接地表達情感。記得某天晚上，公司請全部員工去看舞台劇，開場前我們坐在劇場的酒吧輕酌聊天。坐在我旁邊的老闆突然一臉誠懇、語重心長的跟我說：「我們真的很高興有你加入我們公司，我們真幸運。」我當刻受寵若驚，不知如何反應，只跟他說了句：「不，我才幸運。」雖然那時候我才剛加入不久，還不肯定自己在這公司能有甚麼作為，但他這一句說話觸動了我，讓我那經常惶恐不安的內心安定了不少。

我以前的日本人上司是個很吝嗇讚賞，又不擅於表達情感的人，甚至跟我說過：「專業點，不要把個人情感帶進工作。」當我辭職打算搬去英國時，他跟我說：「你繼續留在日本的話，一定可以得到更多。」我也無法完全理解他這句話的含義。直到後來公司一位前輩向我解釋：「他是個很傳統的日本男人。對他來說，其實那句話已經是對你很大的讚賞、肯定了。」到了最後一刻，他的說話還是委婉得無法向我順利傳遞他多想要挽留我。

成長在不同的文化背景下，說話的方式是真的可以相差很遠。跟來自其他國家的人相處過，才明白香港人說話真的是非常直接，直接得能嚇得外國人目瞪口呆的地步。可能因為香港是一個講求效率和速度的地方，所以連說話都不想浪費時間兜圈吧。但這種效率和速度有時候難免會使我們忽略了別人的感受，使人感覺冷漠、不近人情。

但比起轉彎抹角、互相猜測，我還是想要在盡可能不傷害別人的前提下，直率地表達心情感和想法。世界已經夠複雜了，希望人與人之間的溝通可以簡單一點。

3.4

—

城市的溫度

“

可以如此輕鬆自在地跟陌生人交流，是以前的我無法想像的一件事，我很喜歡自己的這個轉變。

住過倫敦之後，才發現東京是一個非常適合內向者獨自生活的地方。東京除了有很多月租便宜的一人公寓、有很多設有一人座位的餐廳、咖啡店、酒吧，還到處都是自動販賣機、自助收銀機。即使你出門吃飯、購物，也可以完全不需要跟任何人接觸或說話。除了工作，你可以選擇徹底跟其他人保持距離，於這個繁華鬧市中像隱形人一樣無聲無息地穿梭。

至於倫敦，我認為則是比較適合外向者、兩個人或以上生活的地方。我的同事們每個週末都有數之不盡的節目，去演唱會、派對、聚餐、爬山、旅遊、滑雪、游水、健身……非常外向。而這裡的房租很貴，市中心的一人公寓最便宜也要大約一千幾百鎊月租，不是一個拿著倫敦平均月薪的人能夠負擔得起的。所以有不少單身人士即使三十幾歲，包括我，也被迫只能跟幾個朋友或是陌生人一起居住，無法像在東京生活那樣完全避開與人接觸的機會。

如果是情侶一起找屋的話，就比較有能力租住一個只屬於二人的空間了。曾經有朋友半開玩笑的跟我說：「在倫敦找一個理想的房子是很難的，你要不要先找個伴侶？兩個人一起找的話，就比較好找了。」其實她說得沒錯，要在人來人往的倫敦找個伴侶，說不定真的比找一間好房子容易。

雖然自問是個內向的人，但我在倫敦有過很多跟陌生人搭訕、聊天的機會。最平常的，例如當我踏進一間咖啡店，店員就會問候我：「你今天過得如何？」如果你像我一樣不擅長聊天，或是不想聊天的話，可以簡短地回答：「很好，謝謝。」但我見有不少人也喜歡跟店員閒話家常。在倫敦的咖啡店打工的台灣人朋友告訴我，有些住在附近的大叔嬸嬸去他那裡買咖啡，有時候就只為了找個人聽他們說話。

記得某次參與公司的聚餐，不擅長喝酒的我不小心喝醉了，頭痛欲裂又噁心想吐，便決定提早回家。當時是地鐵的繁忙時段，車廂內擠滿了人，我找不到可以坐下來的位置。當我曲著身體倚著扶手的時候，有一名正坐著的年輕白人女子瞪大眼睛，一臉擔心的表情看著我，然後用手勢示意問我要不要坐她的位置。我問：「可以嗎？」她說：「當然！」便迅速地把座位讓了給我。我坐下後便馬上伏在自己的大腿上閉眼休息，內心對她無比感激。

搭了幾個站之後，有一名正要下車的男子在我前面經過，他拍一拍我的膊頭，問：

「你還好嗎？」伏在大腿上的我回答他：「還好，謝謝你！」到我緩緩抬起頭的時候，就只驟見到他下車的背影。即使只是很小的事情，但這些來自陌生人的關心讓我暖在心頭。

又有一次，當我在街上舉起手機拍攝一件 Space Invader 的街頭藝術作品的時候，感受到旁邊店舖的店員姨姨不知為何的熱切目光。我完成拍照後，她突然向我走過來，語帶興奮地說：「你知道 Hyde Park 附近也有一隻這個東西嗎？我有一次由 Kensington 走路過去的時候發現了一隻紅色的。看見你在拍它，所以猜想你應該會想知道。」雖然只是很簡短的搭話，但她特意走過來跟我分享這件事，讓我覺得這一天很美好。

正因為發現倫敦的人普遍都寬容友善，內向的我才有勇氣主動去跟陌生人搭話，並拍下他們的人像照片。直至今天，我在倫敦還未被陌生人拒絕過我的拍照要求。有部分人更會跟我多聊幾句，甚至會跟我交換 IG。可以如此輕鬆自在地跟陌生人交流，是以前的我無法想像的一件事，我很喜歡自己的這個轉變。

最深刻的一次是，某天我一踏進地鐵車廂，就看見一位長得很帥氣的男子。我想要問他可不可以拍照，但當時車廂內很吵，他又戴著耳機，我猜他應該無法聽到我的說話。於是我便耐心等候，等到跟他對到眼的時候，連忙指著自己手上拿著的相機，然後再指著他。

他馬上就明白了我的意思。他緩緩的點了頭，然後給了我一個溫柔的微笑，我就在那一刻按下了相機快門。雖然過程中沒有任何對話，我們又互不相識，但我們還是能夠藉著簡單的動作進行溝通，就明白對方想要表達的意思，實在是很美好的一件事。那一張照片讓我的IG在一星期內多了三千多個追蹤，不禁讓我驚嘆帥哥的吸引力！後來這位帥哥居然在IG看到了這張照片，然後傳訊息跟我相認，人與人之間的緣分真是無比奧妙。

衷心感謝所有待我親切的陌生人，讓孤單的我一次又一次感受到這個城市的人情味。

3.5

—

尋找生存空間

"

生活成本太高，迫使大部分香港人只能專注於如何能賺到更多錢以繼續生存，而沒有閒暇去思考如何能更快樂地生活……

如果有人問我倫敦最美好的東西是甚麼，我會毫不猶豫地回答：「公園。」當放假不想花錢，但又不想整天留在家中的時候，我就會去公園走走。

搬來倫敦的最初半年正值封城時期，當時的我空閒得每個星期也會特意找一、兩個還未去過的公園到處探索。

早已住在歐洲的朋友跟我說：「其實每個公園都長得差不多，你應該很快就會厭倦了。」

但是她錯了，即使我在倫敦已經住了接近三年，我還是很喜歡這邊的公園。唯有去公園散步、拍照或是躺在草地上，我才能好好放鬆。

倫敦也有一個維多利亞公園，但倫敦的公園跟大部分我們在香港認知的所謂「公園」，可謂風馬牛不相及的兩回事，不能混為一談。倫敦有佔 40% 的土地為綠色公共空間，其中包括多達三千個公園。這邊的公園有大有小，大的那些與其說是公園，其實更像大草原或森林，需要花上一、兩個小時才能走完。

好奇心驅使下，我上網查看我最喜歡的漢普特斯西斯（Hampstead Heath）公園的資料，發現它的面積原來有三百多萬平方米，比面積二十三萬平方米的西九藝術公園及海濱長廊大十幾倍，遼闊得令人驚嘆。每次走在這些大公園上，我都會想，如果香港也能有這麼大的公園的話，香港人應該可以開心一點。

在陽光普照的夏天，倫敦的人看起來特別快樂，單是看著他們，也會不自覺地被他們的笑容和正能量所感染。這裡的人使用公園的方式五花八門，他們會野餐、放狗、看書、跑步、踏單車、跳舞、唱歌、彈奏樂器、進行各種集體遊戲、球類活動和運動，而且還會燒烤。這邊的公園不像香港的郊野公園那樣設有水泥磚砌的燒烤爐，但人們會把家裡的燒烤爐具帶到公園，或是使用即棄的燒烤爐。

讓我感到意外的是，雖然很多公園都設有「禁止燒烤」、「不准生火」等告示，但走進那些公園後，就會發現一大堆人在燒烤，空氣中充滿烤肉的香氣。很多人根本不會理會那些告示，非常「自由」。雖然我也有點擔心他們會不會把公園不小心燒掉，但理想的公共空間應該就像這樣，任由人民自行決定怎樣去使用它吧。

記得有一次，我和來倫敦旅行的香港朋友去公園遛達，當她看見那些活潑地跑來跑去的狗時，便語氣帶點無奈地說：「倫敦的狗真幸福，有這麼大的公園可以遊玩。如果是在香港，主人不為這些狗牽上狗繩的話，一定會被罵死，甚至會被拍照放上網公審。」

如果以客觀條件來判斷的話，當一隻住在倫敦的狗，絕對會比當一隻住在香港的狗幸福。因為倫敦是一個對動物非常友善的城市，貓貓狗狗除了可以去公園、可以乘搭所有公共交通工具，還可以進餐廳、商店、商場，甚至乎可以跟著主人一起去辦公室上班。香港人很多時候太敏感了，只要看到不合意的事情馬上就會怒髮衝冠。我實在無法想像將來有一天，香港的貓狗也能夠像倫敦的貓狗般自由自在。

事實上，一個城市的空間大小和使用方式，其實直接影響著裡面居住的人們和動物的心情和生活面貌。正正因為香港的空間需求比供應多很多，租金才會如此昂貴，而租金貴便令物價也貴。生活成本太高，迫使大部分香港人只能專注於如何能賺到更多錢以繼續生存，而沒有閒暇去思考如何能更快樂地生活。於是，在香港有很多人活得不快樂，整個城市充滿著壓抑、戾氣和負能量。

而且，香港的公共空間規矩多多，大部分的公園除了不准踩滑板、不准踏單車、不准攜寵物內進、不准進行任何球類活動，就連只是躺在長椅或草地上，也會有保安員走過來警告你：「這裡不准睡覺。」即使在沒有保安員的地方，當你看到那些為了不讓你躺下而被加在長椅中間的扶手和鋪滿石春的石壆平面，就已經能夠感覺到這個城市在限制著你使用這些設施的自由。到底公園不准人睡覺的理由是甚麼？是因為要趕絕露宿者？還是覺得有礙「市容」？

每年回去香港，我都會約老朋友們見面。但除了一起出去吃餐飯，或是去某個朋友的家聚聚，我們就很少會做別的事情。

我好奇的問他們：「其實你們平時放假通常會去哪裡、做甚麼？」

有幾位朋友不約而同跟我說過類似的說話：「住在香港很無聊的，又到處都是人山人海，沒甚麼地方好去，在家裡打機、打麻將就最好。」

的確，有時候我在香港獨自散步，走到累了，也想不出一個可以在鬧市中停下來舒適、安靜地休息，而又不用花錢消費的地方。即使去咖啡店買杯咖啡，有限的空間也不容許我坐太久，喝完就好知情識趣趕快離開。去商場又會怕人太多，讓自己更心煩。

有一次我約朋友一起去吃午餐，在我搭地鐵的途中，她傳來訊息說會遲到半小時。我馬上努力去想餐廳附近有沒有可以打發時間的地方，但毫無頭緒，於是我便選擇留在車站內，坐在一張椅子上淺睡了半小時。

如果是在倫敦的話，我就可以隨時隨地去公園或是博物館繞幾個圈了。

既然這個城市無法給予我們足夠的空間，那我們就只好不斷思考和嘗試，在諸多限制下去發掘和創造屬於自己的空間吧。記得以前經常都會看到有大學生在麥當勞幫學生上補習課，我覺得這就是在有限的城市空間內，活用想像去開啟出新的空間用途的一個有趣例子。

在這過分擁擠的城市，我們注定需要花多很多心思和精神，才有機會尋找到適合自己的生存空間。

3.6

具攻擊性的旁人目光

在這充滿批評、謾罵的城市，如果想要得到基本的尊重，你最好要滿足一切社會期望，有車有樓有高薪厚職有結婚有小朋友，還要身心健康……

香港的朋友問起我在倫敦的生活的時候，很常會問：「英國的歧視嚴重嗎？」

我沒有住過英國的其他城市，所以無法評論整個英國，但單以倫敦來說的話，我認為她算是一個很多元化的城市。除了有一次，一名黑人少年無緣無故從我身後踢來了幾顆小碎石，使我懷疑他是不是歧視我是亞洲人之外，我就沒有遭遇過任何歧視（但我有香港朋友遇過被歧視）。反而，我經常從住在倫敦的香港朋友口中聽到：「香港人最喜歡歧視香港人。」

記得剛來倫敦沒多久的時候，我好奇地問公司的老闆、同事、新認識的朋友們：「你喜歡倫敦甚麼？」大部分人第一個答案都是：「我喜歡這裡匯聚了來自世界各地、各式各樣的人，很多元化。」再數下去才是博物館、藝術、公園、音樂等等。倫敦有超過三分之一的人口並不是在英國出生的，即使我並沒有參與很多社交活動，但也認識到來自台灣、日本、美國、波蘭、芬蘭、西班牙、奧地利、保加利亞、法國、紐西蘭、智利、巴西的朋友，可想而知倫敦人口的多元程度有多高。

跟倫敦相比的話，我倒覺得東京和香港存在著更嚴重的歧視問題。在東京找工作的時候，我看到網上很多招聘廣告上都會列明「此職位只限三十歲以下人士申請」。雖然日本公司會以「聘用年輕人的成本較低」、「年輕人比較容易適應新公司的企業文化」、「這是一份需要長時間去發展的職業，所以愈年輕開始愈有利」等理由為自己辯解，但這明顯就是對於求職者的年齡歧視。這種招聘廣告如果放在英國的話，絕對是違法的。

我在東京上班的時候，不時會從日本人上司口中聽到一些關於我的年齡的評論。記得有一次，我在客戶委託的工作上有自己決定不了的事情需要請示上司，怎料他有點不耐煩地對我說：「你都快要三十歲了，這種問題就自己解決吧。」之後又有幾次，他在類似的情況下說起我快要三十歲了，叫我不要怎樣怎樣、應該要怎樣怎樣。他可以如此毫不忌諱地表達出對於年齡的偏見，實在讓我感到莫名其妙。

對我來說，我就只是因為在工作上從來沒有遇過那些問題，所以才不懂要怎樣處理，跟我的年齡完全無關。依他這種邏輯去推想的話，難道我六、七十歲的時候就能夠解決天下間所有的工作難題嗎？但我深知整個日本社會對三十歲，特別是三十歲的女性有著很多標籤，所以也懶得跟他辯論，只好繼續裝作一臉抱歉地說出恆常的對白：「不好意思，麻煩你了。」

除了年齡歧視外，日本的性別歧視問題也很嚴重。在我眼中看來，生活在男尊女卑的日本，女性需要承受著相當大的壓力。例如在日本人的傳統觀念中，參與公司聚餐的時候，他們會認為由最年輕的女同事或是任何一位女同事負責幫大家點餐、倒酒、分菜是理所當然的事情，男同事就只需要舒適地坐著被「照顧」。幸好隨著時代進步，現在也有公司會容許最年輕的男職員負責這些事情了。

在日本的大型電視台工作、外表漂亮的女性日本人朋友曾經跟我說過，每次要跟客戶聚餐的場合，他的上司都會刻意安排她坐在最重要的客戶旁邊，目的就是要她負責照顧、取悅對方，使對方願意投放更多金錢給他們，她說：「有時候會覺得自己好像陪酒小姐。」

我腦海中最深刻的是有一次，我工作的公司在銀座的一間德國餐廳舉辦忘年會（年末聚餐），當侍應把餐點放在我們的桌上後，坐我對面、年紀最小的男同事一臉困惑地問：「我應該要負責分菜嗎？」沒料到坐他旁邊的老闆馬上斬釘切鐵地說：「不，這是女人做的。」

雖然明知這是很傳統的日本人思維，但從自稱喜歡美國文化的這位老闆口中聽到這句充滿歧視的說話，還是不禁感到驚訝。我跟法國人女同事打了個眼色，誰也不願意因為他這句話而自動請纓負責分菜。老闆可能察覺到餐桌上的氣氛瞬間凝固了，連忙打圓場說：「不用分菜那麼麻煩了，我們想吃甚麼就自己夾吧。」

至於香港，我認為歧視問題更嚴重，是一個對窮人、精神病患者、同性戀者、無業人士、單身人士、小數族裔都很不友善的社會。每次看到有關自殺的新聞報道，傳媒都習慣用一大堆標籤概括死者的身分——公屋、綜援、中年、失業、同性戀、抑鬱症等等，仿似要把這些因素跟「失敗」劃上等號。而且，這些新聞的下方或是網上討論區往往都有一些人會留言冷嘲熱諷、落井下石，冷血得令人心寒。

在這充滿批評、謾罵的城市，如果想要得到基本的尊重，你最好要滿足一切社會期望，有車有樓有高薪厚職有結婚有小朋友，還要身心健康。對我來說，在香港生活是很大壓力的，因為我深知如果我不跟從主流價值而活的話，會被社會大眾視為「異類」，幾乎得不到任何支持。

我從很小時候開始就已經知道自己喜歡同性，但因為長期被社會灌輸這是一件「錯誤」的事情，所以自己一直不想承認之餘，也不敢跟家人、朋友坦白。中學時期我甚至有為了掩飾這種感情，而嘗試跟不喜歡的男生在一起。直至升上大學，眼見在我修讀的學系內，公開的同性情侶並不罕見，我才有了跟女生在一起的勇氣。

可是，這社會對於同性戀者是很殘酷的。我無法忘記在我大學畢業一、兩年後，有一次我跟當時的女朋友牽著手坐地鐵，坐在對面的大叔看了我們一眼，突然冷冷拋下一句：「真浪費。」我無法理解為甚麼我們無故要被一個陌生人所傷害，可惜當時的我還是非常內向和膽怯，不懂得應該如何反應，只懂忍氣吞聲。但自那此之後，我就很恐懼別人的目光，每次在公眾場合牽手、擁抱都會感到很不自在。

幸好，在倫敦見識過這裡的人對於LGBTQ+的開放態度後，例如我的老闆就會在客戶會議中大方分享他跟同性伴侶的生活趣事，又例如我不時都會在公園、美術館、車站等地方看到正在摟抱、親吻的同性情侶，畫面浪漫美麗得像是歐洲電影中的一幕，我現在明白到喜歡同性並不是一件錯誤或奇怪的事情，不需要閃閃縮縮。我們能夠心動去喜歡誰，本來就已經很美好。最重要的是，人生是屬於我們的，我們應該要勇敢去過自己想過的人生，而不應該因為社會壓力便順著旁人的目光而活。

如果現在的我再次聽到那一句話，我一定會大聲罵回去：「關你X事！」

3.7

缺乏歸屬感的異鄉生活

「我覺得自己不屬於這裡，我對這個地方沒有歸屬感。」

在倫敦的工作和生活漸趨穩定、荷包也沒那麼拮据之後，我在一間位於北倫敦的藝術中心參加了人生的第一個畫畫班。

很記得開始第一堂課那天是倫敦剛剛解封，但在室內地方還是必須戴口罩的時期。雖然無法看見同學們口罩下的臉，還是能觀察到班裡面有一半以上的同學都是年紀比我大很多的姨姨和婆婆，只有兩、三位同學看起來比我年輕。

上課時同學們都會專注、安靜地畫畫，我便只好趁著上課前後嘗試跟同學們搭話。畢竟這次上課除了想要學習畫畫，我還想要認識一些住在倫敦的朋友，擴闊自己的生活圈子。

自問不擅長跟陌生人談天說笑（尤其是需要用英文或日文的時候），所以直到課程的最後兩、三堂課，我才開始跟其中一位女生S會多聊幾句。

當S告訴我她正在有名的倫敦政治經濟學院修讀經濟歷史的碩士課程，我不禁感到驚訝。在我腦海中，經濟歷史和畫畫是風馬牛不相及的事情，沒想到她竟然可以兩樣都兼顧好，也許優秀的人就是能夠同時做好各種事情吧！

課程結束後的某個週末，我跟她相約去了海德公園（Hyde Park）散步。從言談間，得知她的父母是印度人，而她是在非洲出生的，在幾歲的時候就已經一家人搬到美國的芝加哥居住，所以她認為自己是美國人。

她問我覺得倫敦的生活怎樣，我說：「我剛來的時候倫敦正值封城，所有餐廳、店鋪、博物館都是關著的，整個城市一片死寂。我沒甚麼地方可以去，又沒甚麼事情可以做，每天就是困在家裡期盼著封城早日結束，非常鬱悶。還好現在封城結束，人們終於可以回到街上，城市逐漸回復生氣，這樣的倫敦可愛多了。但是，我覺得倫敦的治安不太好，聽過不少朋友曾經有被搶或偷東西的經驗，讓我無法安心地走在街上。」

「哈哈，相比起我的家鄉芝加哥，倫敦算是非常安全了！在芝加哥，我從來不敢獨自在夜裡走著，即使只是十分鐘的步行距離，我也會選擇開車。而且，在美國很多人持有手槍，有時候我在電影院看到別人的外套下藏著一些東西，我都會覺得那是槍，怕他會突然做出甚麼可怕事情！」她說。

「原來如此，那看來『安全』是一個相對的概念呢！因為我之前在日本住了幾年，而日本是個治安很好的國家，所以相比之下，我就覺得倫敦危險多了。」

然後我問她：「那你呢？你覺得倫敦怎樣？住在這裡快樂嗎？」

「住在這裡有很多事情可以做、有很多地方可以去、有很多人可以結識，可以過得非常精彩有趣。只是，英國人說話都很有禮貌、比較婉轉，不像美國人那樣坦白直接，相處的時候我總是覺得我們的溝通存在著一種隔膜，無法真正連結、交心。」

我認同說：「我懂！我自己就是一個說話非常直接，不懂轉彎抹角的人。而且，我會無法理解英國人說話背後真正想要表達的想法，他們跟我相處應該會覺得很頭痛吧。」然後，我繼續問：「畢業之後你會想留在倫敦找工作嗎？」

她語氣肯定地說：「不，我已經決定好要回去美國生活了。我覺得自己不屬於這裡，我對這個地方沒有歸屬感。我之前有一段時間很想念在美國的家人和朋友，每天都在哭，那讓我明白到自己不應該留在倫敦生活。」

很佩服她雖然只在倫敦待了不足一年，就已經能夠堅決地選擇好自己的未來。那時候剛好正值公司問我要不要申請工作簽證留下來的時期，但我的心情每天都在變化著，我有享受住在這裡的時候，有懷念日本生活的時候，也有很想家的時候，心裡遲遲沒有一個明確肯定的答案。

搬離香港之前，我從來沒有思考過有關「歸屬感」這一種情感需要。但當在日本生活久了，我就開始懷疑自己在當地的身分，總覺得即使再努力去符合社會期望，我永遠都只會是一名外國人、旅客、局外人，難以真正融入任何一個日本人群體之中。

可能因為在日本沒有家人、沒有伴侶、沒幾個可以交心的朋友，我又經常轉工和搬家的關係，始終無法跟那個地方的人事物產生深厚的感情連結。

現在回想起來，我經常覺得內心空虛的原因，可能就是因為缺乏「歸屬感」吧。

搬來倫敦之後，我很積極地認識新朋友、學習英文去適應新工作、努力發展個人興趣，但我始終還是未能對這個地方產生「歸屬感」。

我很好奇「歸屬感」是會隨年月自然地產生，還是只要達成某些條件就可以激發出來的，例如是我跟英國人談個戀愛？或者是我在倫敦買間房子（但是我沒有錢）？

沒有很了解自己的我顯然無法像S那樣果斷決定自己將來想要走的路，但人生不是賽跑比賽，我就繼續跟隨自己的步調，到處迷路，然後慢慢走出一條適合自己的路吧。可能到了最後，我會發現，原來只有香港才能給予我無可取替的「歸屬感」，然後我會不理會朋友勸阻，搬回去生活也不一定。

幾個月後，S就搬回去芝加哥了。她跟我說：「命運是很有趣的，說不定某天我們還會在地球某個地方重遇。」

嗯，我也這樣相信著。

This is My Happy
Place
RUDE HEALTH

Ⅳ／互相依靠的溫暖

4.1 — 學習自愛與被愛

"

我以為只要我忙得沒時間去思考人生的話，我就可以沒那麼痛苦了。

從小到大，我都是一個容易感到痛苦、傷心，卻不容易感到快樂的人。可能因為我是在單親家庭長大，母親又患有抑鬱症的關係？我也是後來才知道，原來有四、五成的抑鬱症是由遺傳所導致。但也有可能只是我本來就比較悲觀吧？

最近有一次，我看見朋友只是吃一杯美味的雪糕，就已經展露出開心、滿足的神情、用興奮的語調說：「嘩，這個好好吃！」我跟她說：「就是因為你很容易滿足，所以也容易活得開心吧？像我就不會因為好吃的東西而這麼興奮啊。」

仔細去想的話，我還是有幾個主要的快樂來源——第一是我在香港養的貓、第二是拍照、第三是旅行。可惜我現在身在異國，只能把愛貓交給家人代為照顧。我也曾經想要把牠搬過來，但家人反對說：「牠身體不好，又已經這麼老了，不要折騰牠吧。」我有時候也會想，如果牠能夠在我身邊的話，我跟牠的生活是不是都能好過點。

而如果問我人生中最快樂的時期是甚麼時候，我應該只能數出一、兩段很短的日子（幸好不是完全沒有）。在我的腦海中，還是那些獨自躺在床上偷偷痛哭的無數個夜晚比較深刻。在離開香港前的半年間，我幾乎每個禮拜都會哭一、兩次。廿六歲的我腦海中充滿了討厭世界、否定自己、對未來感到絕望的負面想法，甚至不時會有想要放棄生命的念頭。

為了讓自己活得快樂一點，我開始積極地把人生塞滿各種事情。我搬去日本、搬去英國，在五年內搬了十次家，每一、兩年就轉工，主動認識很多新朋友，花很多時間去拍照，經常去旅行、去上畫畫、陶藝、攝影、瑜伽、日語、英語班，還開設了一個分享日常瑣事的IG帳號（有一段時期甚至是每天發文）。我以為只要我忙得沒時間去思考人生的話，我就可以沒那麼痛苦了。

一開始搬到日本的時候，我有很多想要達成的目標，又要花盡精神和時間去適應新生活，根本沒有閒暇去懷疑人生。所以在日本的頭兩、三年，我的心情的確稍有好轉。但蜜月期一過，我又回復到之前的低落狀態。我發覺自己明明成功做到了很多事情，卻始終還是無法填補內心的空洞。每當我停下來，腦袋中的一大堆負面思想就會從四方八面向我襲來，使我無處可逃。

年輕時的我因為倔強到覺得自己甚麼事情都能解決，又怕麻煩別人，所以從來都不會跟家人朋友說起自己的心事。我又一直很怕跟別人深交，總覺得別人會嫌我這種性格太麻煩。

現在我明白到原來一個人的能力、視野真的很有限。所以這幾年每當我覺得難過、痛苦得無法排解的時候，我學懂了向我的最好朋友們「求救」。住在柏林的C和住在倫敦的J幾乎每次都會聽我傾訴，感激她們理解我的脆弱，經常跟我說：「不要對自己太嚴苛，你已經做得很好了。」

雖然朋友們不是專業的心理治療師，但他們每次不厭其煩的聆聽、支持、鼓勵和開解都能讓我好過一點。已認識接近廿年的老朋友E跟我說：「以我認識的你，未到最後關頭也不會跟我傾訴吧。我也不知道怎樣去幫你，最重要的是你自己要懂得開心才行。」她說得很對，原來我不知道怎樣做才能讓自己開心。

我在倫敦遇過幾個來自不同國家的人不約而同跟我說：「我在這裡每天都過得很開心。」我覺得這句說話非常帥氣。很多時候朋友問起我：「你在英國過得開心嗎？」我都只能回答：「還好吧，沒有很難過（雖然有時候其實很難過），但也算不上開心。」

明明我在這邊有一份很不錯的工作、得到了很多機會、有很多關心我的好朋友、很早下班、很多假期、有很多時間可以去旅行、去拍照，為甚麼我就是無法感到快樂呢？

離開香港前，我總覺得我是因為不喜歡住在香港，所以才會那麼痛苦。我以為只要搬離這個令人感到憂愁的地方，我的人生就會幸福快樂得多。但事實是，住過日本，又住了英國之後，我明白到如果一個人懂得開心的話，無論他住在哪裡，他都可以找到開心的理由。相反，像我這種很難開心的人，即使能夠住在最漂亮的地方、做著夢想的工作、跟自己喜歡的人在一起、和朋友到處去玩、吃最好的美食、得到所有我想要的東西，相信我也會一樣覺得不安、不滿足、不夠好。

如果我無法解決內在最深層次的問題，外面的世界多美好也跟我無關。我深知在我要喜愛任何人事物之前，我一定要先學懂喜愛、肯定和欣賞自己。

在倫敦的某一晚，再次被情緒問題擊倒的我痛苦得忍不住打給朋友M一直哭訴。她很有耐性的講了很多安慰我的說話，又跟滿腦子都是負面想法的我說：「這不是你的問題，你只是生病了。你是一個很善良的人，絕對值得被別人善待。要相信，你的將來一定會變好的。一定會好的！」她的說話給了我繼續前進的力量。

獨自在海外生活的這七年多令我明白到，家人朋友的愛和支持非常重要，自覺很幸運地被他們寵愛著。後來，我終於在朋友鼓勵下開始尋求醫療協助。不出所料，醫生診斷我患有抑鬱症，並替我安排了定期跟心理治療師見面。雖然我到現在還未清楚看得見光，但我會積極尋找方法讓自己遠離那些可怕的念頭，學習讓自己快樂起來。

如果你身邊也有像我這樣不懂得開心的朋友，請對他仁慈一點。說不定你簡單的一句關心，就能把他從無底的黑暗中拉回來了。

4.2

只此一家的養貓之道

“

「沒有喜歡貓的話為甚麼要養貓？」他說：「因為天讓我們相遇了。」

在東京的日本公司工作很多時候都是很忙、很難請假，所以我通常會趁著一些連續的公眾假期去別的城市來一趟小旅行。

位於廣島縣的尾道有一條坡道叫做「貓之細道」，是個以貓作主題的景點。路上除了設置了很多貓的擺設，還有很多真貓出沒，非常適合愛貓之人遊覽。那天我漫無目的地走進那裡一家以貓作主題的古民家商店，和店主聊天聊了差不多半個小時。

外表看起來大約三十幾歲的店主土井先生是一位廣島人，三年前才搬到尾道居住，之前一直在秋田縣經營自己的餐廳。他說：「二〇一一年發生的東北大地震令我想要搬回來父母居住的廣島縣，想著如果將來再有天災發生的話，我也可以快一點趕到家人身邊。所以震災之後我就把餐廳關掉，搬過來了。」

至於為甚麼選尾道，他說：「我想要住在每天都可以看到瀨戶內海的地方，某次打開地圖的時候偶爾發現了尾道，簡單上網調查一下之後，覺得好像不錯啊，就決定搬過來了。」他沒有考慮太多就放下了原本過著的生活，搬去了一個自己從未聽過的地方重新開始，經常憂慮太多的我不禁有點羨慕他這種隨性自由。

因為店內只售賣跟貓有關的商品，牆上還貼滿了貓的照片，我又從照片中得悉他在店裡養了兩隻貓，於是便問他是不是很喜歡貓。他給了我一個出乎意料的答案。

「不，我並沒有喜歡貓，但我也不討厭貓。」

「沒有喜歡貓的話為甚麼要養貓？」

他說：「因為天讓我們相遇了。」對於同樣相信一切相遇都是命運安排的我，被他這句說話激發了好奇心，便繼續追問他跟兩隻貓的故事。

「兩隻貓是附近一家商店養的貓所生的，小貓們剛出生沒多久，那店主就問我要不要養。我覺得是上天安排，於是就領了一對貓兄弟回家。我跟這兩隻貓的關係就像古時的盲婚啞嫁一樣，我們都還未見過對方就已經要結婚了。但因為婚姻是建立在承諾和責任上的，所以那個年代比較多伴侶能做到相伴一生，到臨終之前還是會互相照顧好對方。我雖然沒有喜歡貓，但我一定會好好照顧牠們到生命的最後一刻的。」

他繼續說：「相比起現今世代的自由戀愛，因為是建立在情感上的，我們難免會對伴侶產生各種期望。當對方不符合自己期望，或是傷害了自己的時候，我們就會暗暗地把對方從自己心裡不斷扣分，彼此的情緒也隨著這段關係的反覆而大起大落。最後變得不喜歡了、情感沒了就分手再找下一位，我很懷疑這樣的關係能不能算得上是幸福。」

「兩隻貓有時候會令我感到煩心，有時候則會令我覺得好可愛。因為沒有喜歡，也沒有討厭，我每天都能保持平常心，從零分開始重新跟牠們相處。即使牠們到處搗蛋激怒了我，我的情緒也不會留到明天，這樣對彼此來說也比較輕鬆。」

我第一次聽到有人用這樣特別的心態養貓，很想知道他將來是不是也會以同樣的心態結婚。對我來說，「喜歡」這一種情感是非常珍貴而美好的，能夠自由地喜歡誰、喜歡做甚麼事情，感受著心的悸動就已經是一種幸福。如果只是為了遵守承諾，而不是因為基於喜歡才養貓或結婚，我就覺得不夠圓滿了。

然後我們聊起幾日前的雨災，他說雨下得最兇的那天下午，一隻平常會來討飯吃的母貓滿身濕透、樣子狼狽的咬著牠的孩子走進這家店內避雨。他就用毛巾把牠們抹乾，給牠們飯吃。那可是連老房子都被沖垮，成人都不敢踏出家門的滂沱大雨，母貓能夠帶著自己的孩子去避難真的是非常厲害。

傷心的是，母貓本來一直帶著兩隻孩子，那天牠卻只能咬著其中一隻過來。大雨過後，土井先生特意去牠們平常出沒的地方嘗試尋找另一隻小貓，但很可惜已經找不到了。

「大自然還真是殘酷啊⋯⋯」我感到無奈。

他輕輕擰頭，微笑著說：「可能牠只是躲了起來吧。」

最後，他向我介紹他和幾位尾道的居民一起花了三個月時間建造的木屋頂，因為那家商店的古民家有接近一百年歷史，原本的屋頂已破舊到不能用，所以他們就重新造過。我問他本來就會做木工嗎？他說他是來尾道後才開始跟這裡的居民學的，好厲害！

我在尾道旅行時遇見的大部分人都感覺平易近人，說話又輕又慢，有種與世無爭的感覺。跟他們聊天能夠非常放鬆，而且他們那種自成一套的生活哲學又讓我大開眼界，感謝命運讓我跟他們相遇上。

4.3

恰度好處的善意

“

她的溫柔其實讓我感到很溫暖，但不擅於跟陌生人説話的我只懂得重複又小聲地説：「不好意思。」

某天在世田谷區獨自散步回家途中，天突然下起了一場不大不小的雨。跟往常一樣，出門前不會查看天氣預報的我並沒有帶傘。眼看雨下得不算很大（但也大得走幾分鐘路就一定會全身濕透的程度），又覺得在這炎熱的天氣下即使淋雨應該也不會生病，便決定省錢不買傘，打算加快腳步走那十幾分鐘路程回家就好。

在等紅綠燈的時候，突然感受不到那些打在我身上的雨點，向後一看，原來是一名看起來大約四十歲左右的婦人在替我撐傘。她的身高比我矮了半個頭，為了我，她不得不伸手把傘撐得高一點。內向的我頓時感到非常緊張，腦海中一片空白，只能木無表情地説出日本人每日最常説的禮貌説話：「啊，不好意思，麻煩了。」

對方微笑著跟我説：「不要緊，我也就只會幫你撐傘到轉綠燈為止。」

住在日本久了，就知道這種表達方式是日本人的溫柔。因為日本人不習慣欠下人情，所以接受了別人的禮物或幫助之後，都會想辦法奉還。因此，為免令對方感到有壓力或是不好意思，即使幫人也不能幫太多，才能保持讓彼此舒服的社交距離。她的溫柔其實讓我感到很溫暖，但不擅於跟陌生人說話的我只懂得重複又小聲地說：「不好意思。」便回過頭繼續緊盯著前面的紅綠燈（她應該會覺得我是個冷漠的城市人吧……）。

轉綠燈一刻，我回頭跟她輕輕鞠躬、說了聲：「謝謝。」便從她為我撐的傘下快步離開。

走在回家的路上一邊被豆大的雨點打著，一邊回想起剛才來自陌生人的好意，幸運地遇上好人，讓這一天變得很美好。

對我來說，淋雨沒甚麼大不了的，好幾次下大雨但忘記帶傘出門的日子，我也是全身濕透、頭髮滴著水地回家。想不到竟然會有陌生人比我更重視自己、更照顧我自己，我應該要對自己說聲「抱歉」。

如果東京有多一些像那位婦人那樣溫柔的人，這城市應該會變得更溫暖一點吧？冷漠如我也想要成為一個能為別人撐傘的人啊。

4.4

與死神擦身而過的暖男

「在這有限的人生裡，我們就努力不要當一個混蛋吧！」

對大部分英國人來說，喝酒是生活中非常重要的一環，我的同事們都很喜歡在禮拜五下班後相約去英式酒吧喝酒聊天。

因為我大部分日子都選擇在家工作，自覺沒有很喜歡喝酒、又不擅長同時跟幾個人聊天的關係，所以我比較少參與這種下班後的聚會。但我的同事們都是非常友善熱情的人，即使我多次拒絕了，他們還是會不厭其煩地繼續邀請我。盛情難卻，有時候我也會答應出席，以免令自己顯得過於孤僻離群。

某天晚上，我們下班後去了公司附近的一間老舊的英式酒吧喝酒。這邊的喝酒禮儀是一個人或是某幾個人會先請大家喝一輪酒，到下一輪的時候就會換成其他人主動請喝酒。才剛坐下來，坐我旁邊的英法混血男同事N就已經問我和同事們要喝甚麼，慷慨地請了我們喝杯酒。

面面俱圓的N在公司內被公認為討人喜歡的暖男，他是一名平面設計師，工作勤奮又才華洋溢。每天早上的網上例會結束前，他總是會微笑著對所有人說出：「祝你有美好的一天」、「愛你們」、「你們最棒了」等等的窩心說話，讓大家的臉上不禁泛起微笑。

因為N一直以來的形象實在太好太完美了，我和同事們在酒吧中禁不住問他：「到底要怎樣做，才能成為像你這樣好的人？」他回答說：「其實我以前並不是這樣的。年輕時候的我是一個傲慢自私的人，做甚麼事情也以自己為優先，沒有好好對待別人。只是，經歷過一些生死攸關的事情之後，我反省了很久，然後才徹底改變了自己看世界的方式，也改變了跟別人相處的心態。」

他說起他在大學時期，跟幾個朋友去阿爾卑斯山玩單板滑雪，「我因為從小就已經很擅長運動，又擁有多年滑雪的經驗，所以當天我毫不猶豫就直接前往高難度的雪道挑戰。我充滿自信的在雪道上向朋友展示了各種帥氣的平地花式、跳躍，沒料到幾次成功之後一個不留神，我就摔了個大跤。我記得自己在雪地上失控地一直滾圈，到停下來一刻，身體已經痛得無法站起來。」

雖然他馬上就被送到山上的醫院急救，但手術後醫生告訴他因為他的脊髓受傷了，所以暫時造成了下半身癱瘓的狀態。至於日後能不能像以前一樣正常走路，還要看之後的復原狀況。他聽到後大受打擊，每天都在偷哭，非常後悔自己做了那些愚蠢的事情。

在醫院留醫一個月後，為了節省那些昂貴的住院費用，他的家人決定帶他回去法國的家繼續休養。因為當時他的身體還是無法坐起來的關係，他就只能以同一個姿勢躺在病床上七、八個小時，就這樣讓救護車千里迢迢送他回家。

自那時候開始，N便躺在家中的床上接受治療和休養，沒想到結果是足足躺了一年。他說：「除了身體無法移動，心裡又很害怕日後無法再次走路之外，讓我最難受的，就是明明我已經是成年人了，還是要依賴父母每天照顧著我、替我清潔身體、處理我的排泄物等等。每次想到受傷以前沒有好好對待他們，我就覺得很慚愧。」

另外，因為他的身體無法移動的關係，他一整年都無法去學校上課。每當有朋友去他家探望他，他都會非常高興。

「躺在家的每一天，我都很想去上學、見朋友，那時候才明白到，從前那些看似理所當然的日常，原來多麼珍貴。」

我問他：「那你現在還敢滑雪嗎？」

「普通滑雪可以，但我已經無法再玩單板滑雪。身體會很自然的恐懼，畢竟我差一點就無法再走路了。在我奇蹟康復之後，我就下定決心從今以後要對別人好一點。」

人生無常，沒想到那次意外的幾年後，N的最好朋友竟然因為一次車禍而離開了人世，讓他悲痛不已。他說：「經歷過這些事情之後，我深深體會到我們的生命有多脆弱。沒有人能夠預料到明天，甚至乎下一秒會發生甚麼事情。在這有限的人生裡，我們就努力不要當一個混蛋吧！還有，記得要跟身邊的人多說『我愛你』。」

經常聽見別人說經歷過生離死別之後就會扭轉對於人生的看法，但我希望我們不需要遇到那些不幸的事情也能懂得活在當下。

好好珍惜眼前人，千萬不要等到失去了才後悔。

4.5 — 最善良的陌生人

「我希望你好好記住今天，當你日後遇到其他有需要幫忙的人時，你就像我一樣去幫助他們吧。」

在未曾到外國住過的香港朋友眼中看來，長時間在外國生活的我就像每天都在旅行一樣。但其實不是那樣的，當你在一個地方找到了固定的居所、工作和生活圈子之後，你就需要面對各種很現實的考慮與問題，已經無法再純粹地以旅人的玫瑰色眼鏡去看待眼前的一切。

我非常喜歡去旅行，除了因為可以看到美麗的風景、品嚐美食、了解不同國家的人的生活方式外，對我來說，旅行更是讓我暫時逃離現實的中場休息。住在倫敦的其中一大好處是，去歐洲旅行便宜又方便，部分來回機票甚至只花港幣幾百元就能買到，所以，我平均每兩、三個月就會去一趟歐洲旅行。

可能因為我都是獨自去旅行的關係吧，幾乎每次都會遇到有陌生人跟我搭話。

記得那天早上柏林天氣很冷，氣溫大

概只有攝氏一、二度。沒有規劃任何行程的我獨自在街道上閒逛，途中隨意走進了一家看起來很有風格的小型古著店。

因為我在出發前忘了把圍巾塞進行李，這幾天柏林的寒風又冷得讓我身體發抖，所以心裡一直想要買一條圍巾。在店內沒逛多久，我就選好了一條款式簡約又價錢合理的圍巾。沒料到正準備付款購買之際，老闆竟然告訴我這店不接受iPhone的感應式付款，真是晴天霹靂！

我早已聽聞感應式付款在柏林並未普及，所以本來也有隨身攜帶一張實體信用卡來旅行。只是，剛巧當天早上要使用自動櫃員機提款的時候出現了一些問題，導致那張卡被凍結了，而我又沒有別的信用卡。

不想輕易放棄的我跟老闆說：「我可以打去客服，看看他們能不能暫時為我的信用卡解除凍結。」然後我便嘗試打電話給信用卡公司，打了四、五次電話、等了二十分鐘還是沒有人接聽。英國的客服普遍也是這種質素的，雖然惱人，但我並不感到意外。

還是不想放棄的我決定作出最後嘗試，問老闆：「你有沒有PayPal帳號，我可以在網上匯款給你的。」老闆無奈地回答我說：「沒有。」

好吧，大概是宇宙在提示我不要買這條圍巾吧？從來不喜歡逆天而行的我正打算離開之際，店內一位看似是老闆朋友的女子竟然主動跟我說：「我有PayPal戶口，你把錢傳給我的話，我就可以幫你付款了。」當我滿心歡喜之際，網上支付系統卻顯示我的PayPal戶口無法匯款……買個東西也如此困難重重，我也只好認命吧！

沒料到劇情峰迴路轉，這個跟我只認識了幾分鐘的陌生女子竟然跟我說：「你那條圍巾多少錢？我買給你吧。」甚麼？我感到難以置信，懷疑自己的耳朵是不是聽錯了。

我回答說：「不不不，我們又不認識，怎可以讓你無故花錢送東西給我？」她卻堅持說：「那只是很少的錢，你不用在意。我剛剛收到了政府的退稅，現在是很想要花錢的好心情。」

我還是覺得不好意思，所以繼續推卻：「不好吧？要你花錢買東西給我，會讓我覺得自己好像騙徒。不然我回到英國後，再把錢傳回給你吧？」

她帥氣的說：「你真的不用想辦法還錢給我了，這又不是甚麼昂貴的東西。我希望你好好記住今天，當你日後遇到其他有需要幫忙的人時，你就像我一樣去幫助他們吧。我曾經受過很多人的幫助，今天到我來幫助你了。」

想不到原來真的有人會相信，並實踐「Pay it forward」這理念。她不求回報的幫助我，就只希望我在將來某天也會不求回報的幫助別人。自問情感淡薄、習慣跟他人保持距離的我也不禁被她的善良和慷慨感動到，心裡想著：「也許，我也可以改變自己的冷漠？」

離開店家之前，我再度感謝她。她微笑著跟我說這幾天旅行要玩得開心點，還好心提醒我要好好保暖。我馬上把她送的圍巾圍在頸上，踏出店外的一刻，雖然天氣還是十分寒冷，但我的心裡頓時感到無比溫暖。

Schwedter Straße
1989
1961
1974
1982

4.6

甜蜜與苦澀的距離

「千萬不要談遠距離戀愛，你會寧願自己單身的。」

某天晚上跟來自智利的插畫家朋友H在一家位於櫻草丘（Primrose Hill）附近的餐廳吃飯。Primrose Hill是其中一片我在倫敦很喜歡的大草地，因為是一個小山丘，人們能坐在高處看日出日落，非常浪漫！）我跟H已經有好幾個月沒有見面了，所以互相問起了對方的近況。

我說起不久前回去香港逗留了一個月，闊別三年後再見家人、朋友和我家的貓主子：「待在香港的整段日子過得非常快樂，要回來倫敦的前一晚，我難過得在家裡偷偷哭了。」

H說她從來沒去過亞洲，很好奇香港是一個怎樣的地方，將來想要去看看。然後她說起她最近在準備搬家，因為跟她一直談「遠距離戀愛」[1]的愛爾蘭人男友M

1｜香港人常稱之為「Long D」，即Long-distance relationship。

終於要搬來倫敦跟她同居了，我為他們感到高興。

我問她：「這段遠距離戀愛維持了多久？」

「已經三年了。」她說久得她也不知道自己是如何維持得到的。

她跟M是在智利認識的，只相處了一個星期，M就已經要回去愛爾蘭。之後因為全球爆發疫情，他們只能每天都隔空用電話視像通話維繫感情。她每天都在期待疫情快點結束，結果等了差不多一年半才終於能夠跟對方再次見面，過程萬分煎熬。

我說：「你們很厲害啊，其他人早就放棄了吧。你們不但成功撐過了那段痛苦的時期，現在還快要住在一起，絕對是奇蹟！」

她卻說：「千萬不要談遠距離戀愛，你會寧願自己單身的。你知道我是一個沒耐性的人吧？我超討厭等待的。有時候覺得自己還倒不如跟一隻貓、一盆盆栽談戀愛，至少我下班回家還可以抱抱牠們啊。」

除了H以外，我在倫敦還認識幾個正在談遠距離戀愛，或是談過遠距離戀愛的朋友。一位朋友跟我說，她和香港的男友談遠距離戀愛的這一年，經常都有以為自己是單身的錯覺。因為她放假就是自己去玩，生活上遇到甚麼難題也是獨自面對，回到家也是自己一個人，跟單身狀態好像沒太大分別。但她每次隔幾個月後再跟男友見面，就會覺得還真的是非這個人不可，那些漫長的等待都會變得值得。

另一位朋友搬過來倫敦大約半年後，就敵不過遠距離，跟在香港的女友分手了。她說：「我覺得遠距離戀愛是沒有好結果的，也可能其實只是我們不懂得如何維繫這段感情吧。我覺得談戀愛是需要一起生活的，談遠距離戀愛就是無法跟對方見面、擁抱，雙方都會感到痛苦的。」

我在很久以前也有談過一年的遠距離戀愛，當時的女友在英國唸碩士班，而我則在香港的電視台工作。當她畢業回來香港之後，曾經不只一次感謝我那一年的陪伴。那時候的我不明白哪有甚麼好感謝的，我又沒做甚麼特別的事情。我們就只是每個星期Skype幾次，好幾次我甚至累得不小心在通話途中睡著，而她卻會繼續開著Skype，等候我醒過來跟她說再見。

直至這幾年我獨自去了外國生活之後，不時襲來的孤獨感讓我明白到，單是有一個人願意陪伴你、聽你每天分享日常，原來就已經是一件很難得、很幸福的事情。

回想起來，其實遠距離戀愛真的非常困難，就像每天都在考驗彼此的愛、忠誠和信任。大概是因為我們都很喜歡對方，所以才能一起撐到最後吧。

H說完她跟男友的戀愛經歷之後，便問我：「那你呢？最近有喜歡誰嗎？」

我笑著說：「雖然你才剛警告我千萬不要談遠距離戀愛，但我現在喜歡的女生就是在香港。」

H問：「你是會同一時間喜歡很多人的那種，還是只會喜歡一個人的那種？」接著又說：「如果你有喜歡其他人的話，我勸你還是不要自討苦吃比較好，哈哈！」

「可惜！我就只喜歡她，只是不知道她會不會喜歡我……」

H斬釘截鐵地說：「她一定會喜歡你的，你這麼討人喜歡。你可以給我她的聯絡方式，我會傳大量短訊告訴她你有多酷。」

對於沒有自信的我來說，每當朋友跟我說這種肯定我的說話都會帶給我很多正能量。

「我也希望就如你所說的。如果有甚麼進展，我再跟你說吧！」然後我們便轉移話題，聊起打算怎麼度過即將來臨的聖誕節。

4.7

—

我們的未來一片光明

“

「其實我不想離開，我怕捨不得屋企人。但他們很支持我，理性上我也覺得應該要離開。」

第一次跟D見面，是在上環的一間咖啡店。當時的香港還是必須佩戴口罩的，所以當她從遠處走過來咖啡店，坐下來，除下口罩後，我才能看到她的臉。腦海中浮現的第一個想法是，她真人看起來比IG上的照片更好看，笑容也非常迷人。

D是一名大學生，同時兼顧著一份非常忙碌的工作。我跟她是沒有聊過天的網友，某天我突然在IG聯絡她說想要認識她，問她有沒有空一起去喝杯咖啡或散散步，順道讓我拍兩張照片，而從來沒有跟任何網友見過面的她還是爽快答應了，可能是因為看了我在IG上分享的文字和照片，所以猜我不會是壞人吧！

我們吃著蛋糕、喝著咖啡，聊起工作、煩惱、創作、MLA[1]、香港、移民……

1 — 香港樂團 my little airport 的簡稱。

她說：「最近工作都很忙，我已經很久都沒來這種地方放鬆一下了。」

雖然她很年輕，我卻感覺她的內心比同齡人份外成熟，工作、學習都很認真、努力之餘，好像把各種事情都想得很深入似的。但同時，她又非常幽默有趣，聊天的過程中我們一直笑個不停。

當聊到移民的時候，她悄悄地告訴我，她打算畢業後就會移民外國，她身邊有不少同學和朋友也正在考慮著同樣的事情。

「其實我不想離開，我怕捨不得屋企人。但他們很支持我，理性上我也覺得應該要離開。」

我跟她說：「我覺得你可以先出去試試看，慢慢你就會知道人生中對你來說最重要的是甚麼。如果之後你還是覺得捨不得屋企人，那你也可以選擇回來的。」

雖然明知香港愈來愈多人移民是不爭的事實，但親耳聽到一名大學生跟我分享她的想法和感受，就像是要我近距離看清楚這世界的殘酷。想當年還是大學生的我，只需要顧著吃喝玩樂、談戀愛、打工、拍片交功課、寫論文和考試，沒怎麼認真思考過人生前路應該怎麼走。

但她這一代人跟我們不同，在這幾年間共同經歷了太多讓人傷心難過的事情，跟實貴的青春擦身而過，被迫要瞬間長大。剛畢業的大學生，即使在香港要獨自居住也絕不容易，何況是要跟家人、朋友道別，搬去另一個國家開展新生活？當想到這些，我就為她這一代人感到心痛。

我也沒有甚麼實際上能做的，只好跟她分享了一些在外國生活的好處與難處，希望我的經驗能幫助她做好期望管理。身為住過日本，又正住在英國的過來人，我其實非常支持年輕人出國工作、見識。我認為只要抱著好奇心、咬緊牙關、正面積極地去闖的話，外國其實是有很多機會的。就算只是短短一年的工作假期也好，去看看世界有多大，也絕對是一件好事。

以前住在香港的時候，滿眼都是這裡的缺點，除了居住空間小、租金貴、人太多、公共空間不足，還有意識上的，主流價值觀認為有錢才是成功、容不下想像、歧視小眾群體、充滿負能量等等。住過外國之後，反而才發現香港也有一些優點，簡單如可以用廣東話跟別人溝通這件事，比起要用其他語言，原來是最暢快的。

因為她晚上還有工作的關係，我們在咖啡店附近短暫的散散步、匆匆拍了幾張照片，她便要離開了。

在地鐵站出口道別的時候，我跟她說：「今天認識到你很開心，有機會的話，我們下次再見吧。」

她說：「下次再見的時候，我已經是二十二歲了，因為過兩天就是我的生日。」

此刻我才如夢初醒，正在準備移民的她才只不過二十一歲。

幾天後我就要飛回英國了，原本以為我們應該不會再見的。沒想到我們會在短時間內再次見面，後來我們之間更發生了像電影一樣的故事情節，人生真的是無法預料……

4.8

得不到的另一個答案

「我想我是喜歡你的，但我們不會成為情侶。在一起有太多事情要跨越了，而我不夠喜歡你。」

在離開香港的前幾天，我跟D相約再次見面。她提出可以去看海，可惜天公不造美，颱風過後天陰又下雨，我們便找了一間在海邊的咖啡店聊天、放鬆。

到了傍晚，兩手空空的我們厚著臉皮向咖啡店借了一張沙灘墊，便走到沙灘上躺著聊天。那天的沙灘四下無人，每次對話停頓的時候，都會聽得見混雜著飛機引擎聲音的海浪聲，這種嘈雜的海浪聲也算是一種香港特色吧。

那次相處讓我感覺到她是一個聰明、開朗又貼心的人，我很享受跟她在一起的時光，不知不覺就對她產生了好感。但因為我們之間存在著性別、年齡、距離這些障礙，所以我也沒打算要怎樣。

在道別的時候，她給了我一個禮貌的擁抱。我半開玩笑的跟她說：「那我們下輩子再見吧。」當時的我是真心覺得我們不會有機會再見面了。

當我回去倫敦後，我們不時會以IG訊息聊幾句。她會跟我分享一些日常小事，當中絕大部分也是關於工作的（我常笑說她的興趣是上班），有時候她也會傳給我美食的照片。聊天愈久、認識她愈多，我好像就愈喜歡她。她是一個做甚麼都很認真、努力的人，我由衷的跟她說：「我覺得你好像會發光一樣，非常耀眼。」

幾個月後，因為很想要跟她再次見面，所以在某個失眠的晚上，我買了從倫敦飛往香港的機票。買了機票之後，我才傻傻的開始擔心自己好像太衝動了，心想如果到時候她不想見我的話，怎麼辦？

雖然朋友們都勸我千萬不要向喜歡的人表露心意，因為說穿了就沒有想像空間，對方很可能就會覺得沒趣了。但當我喜歡一個人，我就會很想要直接告訴她，不懂得怎樣才能把這種強烈的感情好好藏起來。

可能就是因為我的喜歡讓D感到有壓力吧，她某天跟我坦白說一直以來只視我為朋友，如果聊天會讓我誤會的話，我們就不要聊了。而且，她也不希望我特意為了她花錢、花時間回去香港。雖然早知她很大可能不會喜歡我，但直接被拒絕還是讓我的心受了重傷。本來打算停止聊天，不要再浪費彼此的時間傳訊息。但後來還是捨不得，便告訴她我還是想要繼續這樣下去。

因為被明確拒絕過，所以在回去香港之前，我就已經做好最壞打算。幸好當我約她去吃飯，她還是爽快答應了。那天晚上，我們去了旺角的一家居酒屋吃飯，雖然餐廳的食物又貴又不好吃，燒飯糰更是難吃得讓我們咬了一口就吃不下了。但能夠跟她再次見面、聊天說笑，就已經讓我樂不可言。

在那之後的一個多月，我們頻繁地見面。在平日我會約她吃早餐，然後一起在附近的公園散散步，或是陪她搭巴士去上班；在週末則會一起去看海、去咖啡店、到處拍照。即使只是一同經歷最平凡的日常，我也會覺得很浪漫。

我知道有時候她跟我外出後，需要加班工作到深夜，對於工作忙碌的她來說，要抽這麼多時間給我並不容易，非常感謝她。跟她在一起的每一分一秒對我來說都很寶貴，每次道別我都會感到不捨。

直到我快要回來倫敦前一個下雨的晚上，我們在維園內散步、聊天、擁抱和親吻。我跟她說我捨不得她，不想要離開香港。在正要回家之際，她突然收起了笑容，一臉認真的看著我，說：「我有事情要跟你說。」那一刻，我已經猜到她想要說的是甚麼。

她沉默思考了一會，然後慢慢說出：「我想我是喜歡你的，但我們不會成為情侶。在一起有太多事情要跨越了，而我不夠喜歡你。」

聽到她這樣說，我內心非常難受，但同樣會想很多的我當然能夠明白她的擔憂。我甚至會懷疑像我這樣悲觀的人，會有能力讓她快樂嗎？

我擠出笑容說：「不要緊的，我早就想像好最壞的結果。這一個月來能跟你這樣到處去玩、知道你也有一點喜歡我，對我來說已經是bonus了。我是一個很難開心的人，但跟你在一起的時候，我是真的很開心。謝謝你！」我努力裝作心情平靜的繼續說話，卻始終無法好好控制自己的情緒和淚腺。

我當然知道我們之間存在著很多障礙，但我相信只要兩個人也很喜歡對方的話，很多問題都能夠一起解決。只是，她不夠喜歡我的話，我單方面再努力也是徒然的。我很想要跟她分享我內心的所有想法，但在某一刻，我突然覺得：「算了吧，一切都不重要了。」便把想說的話都吞回去。

在我留港的最後一星期，我們又見面了幾次，每次也是一如往常的讓我覺得很開心。在最後一次我送她回家，作最後道別的時候，我們用力抱在一起，禁不住淚流滿面。

她跟我說：「你就當這次回來是充電，現在充好電去面對這個世界吧。」

這段路程雖然非常短暫，但就正如MLA的歌所說：「不貪求永恆，慶幸曾發生」，我仍然很慶幸上天讓我遇見了一個如此可愛的人。儘管我沒有能夠跟她在一起的福氣，我還是衷心希望她能愛惜自己更多，遇上一個互相深愛著的人，可以一直幸福快樂就好了。

V／嚮往未來的盼望

5.1

—

後會亦有期

“

人生的每個階段裡有一些故事發生過，我們從中得到了一些啟發、領悟或教訓，也總比一片空白好。

在外國生活雖然不斷會有新的相遇，但同時也因為不少人會在居住一段時間之後就搬回自己的國家或是搬到別的城市，所以我不時都需要跟朋友道別。

經歷過幾次道別之後，我以為自己已經很習慣說再見。直至近年，我才明白到自己其實是個會依依不捨、很不擅長放下的人，每次道別都會讓我傷感。我總擔心跟對方說了再見之後，我們這輩子就沒有機會再見了。而且，有時候我又會覺得離開的人才是前進著，留下來的我卻是停滯不前。雖然我理性上知道，彼此也只是選擇了最適合自己的生活方式而已，沒甚麼好比較的。

之前跟朋友聊起，我們在人生中遇到的所有人都是跟我們有緣的。只要有緣，在最無法預料的情況下也能遇見；無緣的話，即使每天光顧同一家咖啡店也不會遇上。

只是每一段緣分的期限都不一樣，當中有長有短。有些人跟你可能只有一面之緣，有些人只能夠陪你走幾個月、幾年，而會陪你走到最後的，少之又少。但緣分的長短，跟感情的深淺、輕重沒有直接關係。短的可以很深刻，長的也可以很淺薄。

而且，緣分是很妙的，多年來一直同行的，也可以某天突然消失不再見。而曾經道別了的，說不定某天又會在某處再度遇上。人生流流長，未到最後，其實也不會知道到底哪些人跟你最有緣。

還記得大約九年前我第一次自己一個人去東京旅行的時候，我下榻在一間位於入谷的木造古民家旅館。那間旅館有一個特別的優惠，就是大廳的小酒吧會在晚上為入住的旅客提供一杯免費的飲料，以鼓勵大家每晚聚在大廳中交流。於是第一晚，我便叫了一杯梅酒梳打，坐在大廳中邊喝酒邊規劃接下來幾天的行程。

小酒吧的吧枱前站了幾位穿著黑色套裝的日本人上班族，他們興高采烈地跟旅館職員談天說笑。突然旅館職員跟其中一位日本人說：「你不是懂英文嗎？要不要跟坐在那邊的香港人聊聊天。」然後，那位日本人便走過來用簡單的英文跟我打招呼。他說：「你好，我姓百百，這在日本是一個很罕有的姓氏。你正在做甚麼？」

當他知道我還在苦惱第二天的行程後，便建議我去鎌倉和江之島，還說可以做我的導遊。因為他看起來不像壞人，而且這聽起來很有趣，所以我沒考慮多久就答應了他的邀請。

第二天大清早，我便跟著他從東京搭火車去鎌倉。他真的就像一名導遊一樣，除了已經替我規劃好一整天的行程，還會一邊帶我遊歷，一邊跟我簡單介紹那些地方背後的小故事。即使很多時候我們也聽不懂對方的英文或日文，但我們還是很努力地去溝通、去理解對方。這對於彼此都是第一次跟外國人出遊的我們來說，是很新奇的體驗。

聊天的過程中得悉他是一名JR列車的車長，於是我問他：「你當初為甚麼會選擇當車長？」

他說：「因為我很喜歡列車行走時的窗外風景。」

「你每天都在駕駛同一條路線，窗外風景不會看膩嗎？」

「不會的，我早已經打算一輩子也只會當車長。」

看到他能如此堅定不移地相信自己選擇的人生，不禁讓經常懷疑人生的我感到佩服。

因為百百先生當天要趕回他在靜岡的老家，所以在日落之前，我們便一起搭火車回到東京，就此跟對方道別。當時以為跟他只是一期一會，這輩子也不會再見面的，哪會料到我幾年後竟然會搬到東京生活！

相隔三年後，身為東京上班族的我再次跟百百先生相約見面。他的英文和我的日文都已經進步了很多，我們終於能夠理解對方的說話內容，可以正常地聊天。他告訴我，他一年前開始當上沙發客的房東，只要有空就會接待來自世界各地的旅客，開車帶他們遊歷他的家鄉靜岡。他說因為覺得跟我去玩的那天好有趣，所以令他想要結識更多外國人朋友。他跟部分沙發客更成為了很好的朋友，被邀請去巴西、澳洲、菲律賓留宿、遊玩，可謂多姿多彩。

沒想到幾年前的一次萍水相逢會改變了他後來的生活方式，緣分真是種奇妙的東西。所以，每次要說再見的時候，其實不需要太傷心。

也許，那只是一個break，跟對方說不定幾年後又會再次碰面，而那時候彼此都成為更好的人了。但就算那真的是一個ending，彼此曾經有緣也總比無緣好。人生的每個階段裡有一些故事發生過，我們從中得到了一些啟發、領悟或教訓，也總比一片空白好。

在日文中，道別有不同的說法。其中兩種是「またね(matane)」和「さよなら(sayonara)」。如果預計跟對方很快就會再見的話，就會說「またね」。但如果預計跟對方很久很久也不會相見，甚至永別的話，就會比較凝重的說「さよなら」。

所以，道別時如果想某天會再見到對方的話，就笑著說聲「またね」吧。

5.2

努力追夢的 Uber 司機

「我們的笑容都是真摯的，不用偽裝。」

某天晚上拍攝工作結束後，跟同樣要回去西倫敦的老闆搭乘同一輛 Uber 回家。因為老闆是個知識非常淵博的人，所以我們在車上除了討論有關拍攝的事情，他還跟我分享了各種鮮為人知的美國文化故事。老闆到家而中途下車之後，Uber 司機突然向我搭話。

「不好意思，剛才聽到你們的對話，請問你們是電影製作人嗎？」

「不，我們拍的只是企業短片。」我說。

「哦！我猜剛才那位老先生是導演，而你是副導演？」

其實我們比較像是監製，但經過一整天的工作，我已經睏到懶得解釋，便說：「對對，為甚麼你有興趣知道？你有朋友在影視行業工作嗎？」

「說實話，其實我自己就是拍短片的。有興趣的話，你可以去我的網站看看。」

他馬上把網址分享了給我，還跟我介紹他的名字叫Jasmin。

我隨即用手機去他的網頁看看，可是一打開就顯示正在維護，甚麼也看不到。

「哎呀，一定是幫我弄網頁的朋友還在進行修改吧，請你過幾天再去看看吧！」

然後，他便開始娓娓道出他的經歷。

Jasmin說他是在二〇二〇年從伊朗搬過來倫敦的，兩年多時間就已經完成了八部短片，效率可說是非常高。他兼任著導演和編劇，而製作團隊的大部分成員則是他在波斯人社群裡面找的，有時候也會夾雜著其他國家的人。

我問他喜歡住在倫敦嗎？他說倫敦是一個很多元、多姿多彩、很適合創作的城市，只是……在這邊生活並不容易。英國因為受疫情、脫歐、烏克蘭戰爭的多重夾擊，所以這幾年經濟都很差，有不少人都在貧窮中拚命掙扎著。

他叫我看看車窗外的一間餐廳，裡面有一群人拿著酒杯開懷大笑著，他認為那些人其實都在假裝快樂，背後都承受著各種痛苦。雖然英國人比較會隱藏自己真實的想法和情緒，但我覺得這樣又太以偏概全了吧？我也有認識一些朋友是真的很享受在倫敦生活的。

「那你覺得在你家鄉伊朗的人會比較快樂嗎？我對於伊朗認識不多，印象中好像是一個經常受戰爭威脅的國家？而且最近又發生了讓人難過的『頭巾示威』[1]，在這種社會狀況下，你還是覺得他們活得比在倫敦的人快樂嗎？說起來，你在伊朗的家人還安好嗎？」我說。

「我的家人住在一些比較小的城市，那裡沒有示威，所以他們沒有受到影響。撇除了這些社會事件的話，我是真心相信我家鄉的人活得比在這裡的人快樂。我們的笑容都是真摯的，不用偽裝。」他繼續說：「但我認為，這次示威不會很快就結束，瘋狂的政府已經槍殺了超過四百名無辜的示威者，徹底激怒了我們。雖然這幾天政府的態度和行動明顯軟化，但已經太遲了，這些示威只是革命的序章，大部分人都想要拉倒這個政權。」

我從來都無法理解，為甚麼獨裁政府都會以為用暴力就可以操控人民？所謂暴政必亡啊。

之後他轉移話題，說上個月他在倫敦租了一間電影院舉辦放映會，邀請了百多位朋友和電影製作人到場。他興奮地說這是他有生以來第一次看到自己的短片在電影院的大

1 二〇二二年九月十四日，二十二歲的庫德族女子瑪莎・阿米尼（Mahsa Amini）因沒有戴好頭巾，涉「違反著裝規範」而被捕，她於拘留期間在醫院身亡。有目擊者指她遭伊朗警方毆打，惟警方否認指控。自九月十六日開始，伊朗首都德黑蘭爆發反頭巾示威運動，並蔓延至伊朗三十個省份。有人權組織指，事件導致超過五百人喪生，上萬人被捕。

銀幕上放映，那場面讓他非常感動，使他決心要更努力製作下一部短片。

說到這裡，Uber就已經駛到我家樓下了。下車前，我感謝他跟我分享的這些故事，他的熱血實在帶給我不少正能量。同時，我也祝福他國家的人民能早日成功爭取到他們想要的自由。

最後他跟我說：「請你改天一定要再去我的網站看看！晚安！」

5.3

—

亦師亦友的花恤衫伯伯

“

「我想你想像一下，三、四年後的理想生活是長怎樣的。問問自己最喜歡做的事情是甚麼，然後便全力去做那件事吧。」

我在倫敦上班的品牌顧問公司有三位老闆，分別為行政總監A、設計師N和文案作家P。不知為何，P從一開始就特別欣賞我，除了不時給予我各種支持和鼓勵，還會耐心傾聽我工作上、生活上的煩惱，絕對說得上是我人生中的一位伯樂。

記得最初在求職面試的時候，P跟我聊起雖然他已經快要七十歲了，但還是對這世界充滿好奇，很喜歡到處去旅行，十多年前還曾經去杜拜工作了幾年。

我問他：「為甚麼七十歲還要工作？你不打算退休嗎？」他笑著回答：「你在亂說甚麼！我的人生才剛剛開始啊！」從那刻開始，我就知道他一定是個生活得多姿多彩的人。

儘管出生於蘇格蘭的P已經在倫敦住了幾十年，他說的英語還是帶著很獨特的蘇格蘭口音。跟他聊天的時候，我大概只能聽得懂一半他的說話內容，不少時候我也只是不懂裝懂。他雖然沒有上過大學，但他的學識淵博得像是一本會行走的《維基百科》，無論是跟他聊電影、藝術、音樂、文化或歷史，他往往都能隨口娓娓道出幾個鮮為人知的有趣故事來，真正是一個說故事的人。

最可愛的是，他每天都會穿著顏色鮮豔奪目、印有不同樣式的花恤衫，其中有的是名畫、有的是抽象圖案、有的是食物，例如是午餐肉罐頭。那些恤衫都是他特意去世界各地的布料行挑選自己喜歡的布料，然後帶回倫敦找裁縫為他度身訂造的。所以，他的衣著看起來就像他的蘇格蘭口音一樣，有著非常強烈的個人風格。

雖然他不時都會抱怨辦公室內有太多人，嘈吵得令他無法專心工作，但他又經常都會購入大量零食放在辦公室，也突然會送小禮物給我們，還會邀請我們一起去看舞台劇。同事們都在暗地裡讚嘆他的慷慨，我們知道他口中的抱怨只是說說笑而已。

回頭看我在這間公司工作的兩年多，驚覺自己原來一直受著他的支持和幫助。記得入職第一天，他便送了我幾本數百頁厚的書本，書本內容圍繞著倫敦的歷史、街道和風景。他跟我說：「從現在開始，你就要在倫敦開展另一個人生了。倫敦是一個充滿創意和靈感的地方，你會喜歡這裡的。」

入職最初半年，他幾乎每個月都會帶我去看至少一齣舞台劇或是舞蹈表演，又告訴我各種劇場的知識和歷史。我知道他這樣做是為了向我分享他喜歡的倫敦，非常感激他的心意。

即使到後來，我因為在這間公司無法做到自己最想要做的事情，而過得不太如意。但每次當我提出意見，或是完成一些只是很微不足道的工作時，P總是會第一時間稱讚我：「做得很好，你真是一個天才！」對於在這工作上日漸失去自信的我來說，他這樣簡單的一句稱讚其實已經是很大的鼓勵。

而且，雖然他是公司的其中一位老闆，但他每次都會首先挺身而出，幫助我向公司爭取更多福利。在我工作滿一年的時候，行政總監A傳給我關於加薪的電郵。但因為加薪率並不及倫敦那瘋狂的通脹率，也不符合公司曾經答應過我的加幅，讓我不禁感到失望。

我回覆電郵告訴三位老闆，如果是這個加薪率的話，我可以想像得到自己明年的生活水平只會比今年的更壞，我可能就無法繼續留在倫敦了。過了沒多久，P私下聯絡我說：「不用擔心，我幫你跟A說了，你的加薪將會符合你的期望。」就這樣，我取得了一個更高的薪水。

記得某年公司的聖誕派對上，他跟我說：「如果你在聖誕節當天沒有事情做的話，可以來我家跟我和我的家人們一起慶祝，我們非常歡迎你。」

在英國，聖誕節是一個跟家人相聚的重要節日，我猜他是怕我跟家人相隔這麼遠，自己一個在外地會感到孤單寂寞吧。但連跟家人相處也會感到不自在的我，實在不好意思去打擾別人家的家庭聚會，所以只好婉謝他的好意。沒料到後來就在平安夜的日子，即是我的生日當天，他竟然把一束聖誕花和一份生日禮物寄到我的家裡，他的體貼實在讓我感到暖心。

最深刻的是有一次，他知道我在那段時間正在面對一些嚴重的情緒問題，生活過得很不開心。當他在公司看到長期在家工作的我時，他特意走過來跟我說：「我們去喝杯咖啡吧。」在那一刻，我就已經感覺得到他想要跟我聊聊我的情緒病。

當我們一起在公司的樓梯走下去的時候，我就已經控制不住我眼中的淚水。我一邊用手抹去湧出來的眼淚，一邊苦笑著跟他說：「對不起，我現在很情緒化。」他說：「沒關係的。」然後便用力拍了一下我的膊頭，再緊緊挽著我的手臂，撐著我一起走到公司旁邊的咖啡店。

他叫我先找座位坐下來，他去幫我買杯咖啡。在等待他的時候，明明我的腦海一片空白，但內心的難過感覺還是讓我淚如雨下。他買了兩杯鮮奶咖啡，給我遞上了一杯。

他坐下來喝了一口咖啡後，問我：「你處於這狀態多久了？」

我說：「已經兩、三個月了。」

「你以前有經歷過同樣的狀態嗎？還是來到倫敦後才開始的？」

「我在離開香港之前已經是這樣的了，都是時好時壞，但最壞的狀態通常不會維持這麼久。有時候是幾個小時，有時候是幾個禮拜，這次是最久的。」

「那這次是有特別原因嗎？」

「所有事情堆疊在一起吧，各方面的不如意壓垮了我。我現在看甚麼都很負面，我不喜歡現在的生活、我感到很孤單、我看到的未來是一片黑暗。我理性上知道事實並不是這樣的，我有能力做很多事情、我身邊有很多很好的朋友。但我的負面情緒會不斷擊倒我，讓我覺得自己是一個失敗者。」

「我很抱歉你現在看不到你人生中的美好事物、看不到自己有多厲害。你要知道，創作者都是比較纖細敏感的，那是一種天賦。我的女兒跟你一樣，她接受抑鬱症的治療已經有十五年了。見心理治療師是有幫助的，只是需要花很久才能看到效果。我的女兒還有吃抗抑鬱藥，但每次當她停藥的時候，她的狀態又會一下子跌到谷底。」

「我還不想要吃藥，但有時候我也不知道怎樣處理自己的負面情緒，我的腦袋會指示我去做一些很不好的事情。」

「當你感到很痛苦的時候，甚麼都不需要做。就慢慢等這些情緒過去吧，明天醒來，你就會感覺不一樣。」他繼續說：「你感受一下目前讓你最難過的到底是甚麼，然後作出改變吧。我的女兒最近終於決定離開已經工作了十幾年的舞台劇事業，準備去修讀心理學。這行業競爭太大了，裡面大部分人都有著各種情緒問題，那種工作環境對她的心理健康有著很壞的影響。她就是跟你一樣，太有同理心了。看到身邊的人難過，她也會禁不住跟著難過。」

我說：「但現在的我看不見光，我無法相信自己作出改變後，我的人生就會變得更好。」

他思考了一會，說：「我想你想像一下，三、四年後的理想生活是長怎樣的。問問自己最喜歡做的事情是甚麼，然後便全力去做那件事吧。你不需要立刻作出行動的，但可以從現在開始，一步一步走過去。」

那一刻，我的腦海馬上浮現出來的，就是攝影。但礙於那意味著我將會辭掉這工作，而且我內心很恐懼那會是一個錯誤的選擇，所以我並沒有勇氣坦白告訴他，只是回應：「謝謝你，我會好好想一下的。」

離開咖啡店之前，我們自行清理枱上的垃圾，P見我把手上的一堆紙巾和空掉的咖啡杯丟進垃圾桶時，笑著說了一句：「一杯咖啡、數十張紙巾，真划算。」

在社會工作了十幾年，他是第一位能讓我交心的老闆，萬分慶幸自己能夠遇上他。如果不是有他在的話，我應該很早就已經把工作辭掉，也可能很早就已經離開倫敦了。我不知道自己還會在倫敦待多久，但我已經在想，分別的時候一定要送他一份禮物，以答謝他為我做的這一切。

barbican
BREAKFAST

5.4
善良無敵

「我不是相信世上每個人都是善良的，但善良是一種選擇，而我相信每個人都有能力選擇善良。」

我是一個幾乎無法在社交場合認識朋友的人，只要在人群中，我便會變得非常沉默。除了不懂得如何在別人聊天的時候自然地插話外，我還會覺得誰都比我健談多了，所以就不如把聚會的話語權交給他們吧。但如果是在一對一的情況下，我覺得自己還算是蠻擅長聊天的。

很多時候，即使對方跟我是第一次見面也好，在相處一、兩個小時後，他們就會跟我分享內心深處一些煩惱、秘密，或是找不到傾訴對象的事情。所以每次跟別人聊天，我也是抱著又好奇又害怕的心情。一方面，我會很好奇對方過著怎樣的人生、藏著甚麼故事；另一方面，我又害怕對方會跟我分享過度沉重的事情，怕敏感的自己也會跟著難過起來。

來英國之後，在機緣巧合下，我遇過幾位因為種種原因而永遠無法回到自己國家的年輕人。

一開始跟他們說話的時候，我總怕自己說錯話會勾起他們的傷痛回憶。意外地，他們大多都積極樂觀地面對著當前的人生，沒有為過去怨天尤人。

我從他們口中，不約而同聽到這一句說話：「已發生的事情是無法改變的，接下來要怎樣生活才是最重要的。」

其中一位男生跟我說：「雖然我們現在看似是被邪惡打敗了，但這只是暫時的，我相信最終善良是必定會勝利的。」

「即使你經歷了這麼多事情、看過那麼多泯滅人性的行為，你還是相信人是善良的嗎？」

「不，我不是相信世上每個人都是善良的，但善良是一種選擇，而我相信每個人都有能力選擇善良。」

即使他被迫離鄉別井、放棄了原有的生活、跟家人分隔二地，還要眼白白看著一些好友身陷囹圄，他對世界還是沒有恨意，還是心胸廣闊，讓我很佩服。

我又記得自己問過其中一位女生：「如果你不想說的話，你可以不回答我的。你有沒有覺得你今天要面對的這狀態，是因為其他人不夠努力、付出得不夠多？」

她說：「沒有，我覺得每個人都有自由去選擇做多做少。那是他們的人生，我沒有資格去怪責別人。怪就只能怪自己蠢，但其實我又沒有後悔。」

我續說：「那你現在心情如何？我難以想像永遠無法回家是怎樣的心情，之前疫情期間，我有三年無法回去就已經感到非常抑鬱，經常都會很想念在香港的家人朋友和我的貓，每天都很想回去。在入境香港還是需要在酒店隔離二十一天的時候，我就已經想過要回去一趟。幸好我很窮，經濟層面的限制阻止了我做這種浪費金錢和時間的傻事。」

「我在忙著適應新生活，對『永遠無法回家』這件事到現在還是沒甚麼真實感。可能再過幾年之後，我就會很渴望回去吧，畢竟家人朋友都在那邊。」

「那你家人怎麼想？」我問。

「他們無法理解這件事，他們總覺得等到社會回復風平浪靜之後，我就可以回家了。」

我猜想抱有一個希望（即使很大可能是假希望），對兩老來說是很重要的吧。如果彼此互相關愛著，又有誰會不想一家團聚？

一個人在外國生活是很累人的，我總是很容易就為著各種小事感到失落、沮喪、不滿，卻不自覺忘了自己能夠自由選擇去外國或是隨時回家，其實已經是一件很幸運、很幸福的事情。

在這個紛亂的時代，還相信世上有好人有好報、正義必會彰顯未免是有點天真。但每次看著那些經歷過各種苦難但仍然保持善良的人們，我還是誠心懇求上天能待他們好一點。

5.5

沒有不會破曉的夜

「很多人都說人生是『見步行步』，但不是這樣的，應該要『行步見步』才對。主動行出去，就會看到下一步應該怎樣走的了。」

心裡掙扎了好一段時間之後，我終於下定決心要離開居住了三年的英國，搬回香港生活。

決定回去主要有幾個原因。第一，長年累月獨自在外國生活使我開始感到身心俱疲，經常都會很掛念在香港的家人和貓。在某些晚上，我會感到特別寂寞孤單，腦海會浮現「我不想再自己一個人了」的想法。疫情後闊別三年回到家的時候，驚訝我爸和家裡的貓看上去都老了不少，他們臉上的歲月痕跡使我深刻感受到時間不等人的殘酷。

第二，儘管我在倫敦的生活漸漸變得安穩，生活質素也因為薪水增加而有所提升，金錢上的餘裕甚至容許我可以頻繁地去旅行，但是三年過去了，我卻始終無法對英國產生感情，在這裡的每一天我都感到特別難捱。我發現對一個地方的感情，就像對一個人的感情一樣——喜歡的話，再壞的缺點都可以接受；不喜歡的話，再好的優點都覺得不足夠。

每次去歐洲旅行後要回到倫敦，我心裡也會萬分不願意，甚至在搭飛機前就已經開始會焦慮不安。這些強烈的負面情緒使我意識到，我需要繼續前進，不可以再把自己困在這裡了。

第三，我不想把人生花在一份自己沒有熱情的工作上。雖然我現在的工作薪水不錯、假期很多、同事很好、老闆也很有人性，但我就是無法從中得到滿足感，也無法感覺到自己的成長。

長期做著自己不喜歡的事情的人不會發光，我知道我想要每天做著自己喜歡的事情，也想要過一個對未來會有很多期待的人生。所以，我自覺是時候要跳出這個並不comfort的comfort zone。我想要把最喜歡的攝影正式發展成我的事業，雖然我毫無頭緒應該要怎樣做才能做得到。

雖然離開英國的理由充足，但我的內心還是充滿不安、恐懼。我經常都會自問：「回去香港真的是一個正確的選擇嗎？你明知現在的香港早已不是你認識的那個香港。再者，香港的未來很大可能也只會每況愈下。」

我大概可以預料到回去香港，意味著我將要面對哪些壞事情，但實際會有多壞，就真的是無從估計了。

一位朋友知道我打算回去香港，問我：「這是不是代表著你對香港的未來抱有希望？」

「並沒有，我回去就只是為了現在的自己。說不定幾年後，我又會再搬去別的國家了。反正我不會有下一代，要顧慮的事情少很多。」

當我還在為前路苦惱著的某一天，我去了東倫敦一條喜歡的街道——Columbia Road散步拍照。我隨意走進一間賣衣服的小店，小店的老闆看見我，便友善的跟我打招呼：「今天的天氣真好，對吧？」

「對，天陰了這麼久，終於都等到天晴了。」

小店的老闆是一名架著玳瑁圓框眼鏡的日本人女性，可能因為她的笑容很親切友善吧，那一刻我突然有股想要跟她聊天的衝動，便隨口問句：「店內的衣服都很漂亮，全部都是你設計的嗎？」

「對，是我負責設計的，另外有一位住在日本的好朋友會幫我把想法畫出來，然後衣服是由位於北倫敦的一家小小製衣工場所製造，是真正的英國製造。」

「嘩，好厲害，在倫敦經營一間店舖想必是一件不容易的事情吧！你來倫敦多久了？」

「很久了，超過二十年。」

她跟我分享她來倫敦創立品牌的故事，「我來倫敦之前的工作是在東京當造型師，我想你也知道的，日本的工時普遍都很長，長得我幾乎沒有時間去生活。到了某天，我累得覺得自己需要休息一下，而我從很久以前就已經嚮往倫敦的生活，便決定過來上時裝課。」

她繼續說：「我也有懷疑過，自己來讀書，沒有上班的那一年半是不是浪費了時間？但後來回想，那一年半的休息對我來說非常重要，它使我重新恢復精神，同時給予我足夠時間讓我好好審視人生。那段日子，我認清了自己最喜歡、最想做的事情就是親手造衣服，於是，我便每天窩在合租屋的小小的房間裡，用簡單的工具去實現我腦海中的設計。」

「後來，我幸運地收到日本服裝公司的邀請，請我製造兩個服裝系列放在日本銷售。又很幸運地，我逐件逐件親手縫製的那些衣服都賣得不錯。為了提升生產量，我便在倫敦找了一間製衣工場一起合作。之後，我在倫敦開設了品牌的工作室。再到了近年，在工作室的房東介紹下，我才有幸租到位於這條可愛街道的這間店舖。一開始我也很怕會失敗，畢竟我在這邊是一個外國人。但倫敦的人都很好，我慢慢建立起人脈圈子，就這樣一步一步走過來了。」

我由衷的感到佩服，跟她說：「你的意志必定是非常堅定，才能做得到吧！我很喜歡拍照，所以想要成為攝影師，但現在有點迷惘，不知道下一步應該怎樣走。」

「只要很想要做到的話，你就會找到方法。就一步一步朝著目標向前走吧，你不需要著急的。」

她的故事撥開了籠罩著我的迷霧，讓我看得見未來的可能性。

不知不覺，我跟她聊了超過半小時，因為實在不好意思白白花了她的時間，我便在離開前購買了店內一條印有日本摺紙花樣的領巾，就當作是這場有趣相遇的一個留念。

倫敦真是一個神奇的地方，隨便走進一間店舖，也可以得到一場這麼有啟發性的對話。

在那之後不久，我在朋友的介紹下認識了一位在香港創立了服飾和護膚品品牌的香港人朋友。我很好奇她最初最怎樣踏出第一步的，我跟她說：「我覺得你很厲害，有勇氣做這些事情，一開始難道不怕會失敗嗎？」

「我不是有勇氣，我只是沒有想那麼多而已。我們總是把自己想做的事情想得無比困難，但實際做下去就會知道，雖然是不容易，但其實也沒有那麼困難。」她繼續說：「很多人都說人生是『見步行步』，但不是這樣的，應該要『行步見步』才對。主動行出去，就會看到下一步應該怎樣走的了。」

她又說：「有時候宇宙會給你一些提示，記得要好好接收。」

「我也相信，我感覺到宇宙最近有不斷派使者，包括你，來鼓勵我說：『你做得到的。』如果我再猶豫不決的話，它應該會很生氣吧。」

在還未拿定主意的日子，我跟很多朋友分享過我想要回去香港發展自己事業這個想法。我以為他們會覺得我很愚蠢——怎麼到了三十幾歲還不乖乖安定下來，反而要去冒那麼大的風險？沒料到，我的朋友們都非常支持我的決定，他們跟我說：

「既然有自己喜歡的事情，就應該全神貫注地去做。」

「生命很脆弱的，想做的事情真的要趁早做。」

「我很少有這種感覺的，但我就是感覺你能做得到，所以放心吧！」

「你對自己善良一點吧，不需要迫自己在不喜歡的事情上努力。」

「你當年一下子衝去日本也不怕，現在有甚麼好怕的？」

「你腦海中有這個想法，一定是有原因的，相信自己的心吧。」

在這過程中，我想我領悟了其中一個宇宙大奧秘，就是人與人之間是絕對需要互相支持和幫助的。

我們以為人生這條路是自己一個人走，但很多時候其實是——

我沮喪的時候，你拉我一把；你迷茫的時候，我拉你一把。這樣我們才有足夠氣力一直向前走，我們都不是孤單一個人的。

感謝我身邊每一位溫柔的朋友，脆弱的我因為你們的支持而變得強大、勇敢。

想要改變人生的話，是需要冒險、需要一時衝動、需要take a leap of faith的。若是因為怕跌倒、怕受傷而甚麼也不做的話，人生就只能一直在原地打轉。哪怕途中會失敗、會失望也好，只要認清楚自己最想要的是甚麼，咬著牙關一直往前走的話，我們就能夠距離目的地近一點。

世界很大，有著無限的可能性，即使此刻在你面前的是一片黑暗，往前踏出一步的話，可能就已經是一大片明媚風光了。一生人很短，既然心還在跳，就勇敢去做那些會讓自己心跳加速的事情、去愛那些讓自己心動的人吧。

對於未來，我仍然感到恐懼，但幸好，我也開始抱有期待了。

SOHO THEATRE + BAR

哪怕天色再暗

作者——江冬祈
攝影——江冬祈
封面設計——江冬祈
手寫書名——@chaucharliechau
排版——@freeflow.imagination
編輯——阿丁 Ding
出版——格子盒作室 gezi workstation
郵寄地址：香港中環皇后大道 70 號卡佛大廈 1104 室
網上書店：gezistore.company.site
臉書：www.facebook.com/gezibooks
IG：www.instagram.com/gezi_workstation
電郵：gezi.workstation@gmail.com
發行——一代匯集
聯絡地址：九龍旺角塘尾道 64 號龍駒企業大廈 10B&D 室
電話：2783-8102
傳真：2396-0050
承印——美雅印刷製本有限公司
出版日期——二〇二四年二月（初版）
國際書號——ISBN 978-988-75725-9-6